Weihnachten

Eine Zeit voller Wunder

Das Lesebuch zum Fest

Ausgewählt und zusammengestellt
von Ulrich Sander

PATMOS

Inhalt

Endlich Weihnachten!

Weihnachtssegen

Von guten Mächten

Dem Stern folgen

Weihnachtswunder

Einladung

Ich gestehe: Ich liebe Weihnachten! Warum ich Weihnachten liebe? Ich liebe es, weil es ein zärtliches Fest ist. Es feiert keine Siege und Heldentaten, sondern stellt ein Kind in den Mittelpunkt. So wie das Kind in der Krippe uns mit lächelnden Augen anschaut und seine hilflosen Ärmchen nach uns ausstreckt – so geschieht Frieden, so kommt der Himmel auf die Erde! Deshalb ist Weihnachten eine Zeit der Geschichten von offenen Herzen und freundlichen Gesten, von Wundern, die im Kleinen und Verborgenen immer neu die Hoffnung entzünden. So viele Wunder an großherziger Liebe und verborgener Zärtlichkeit hat dieses Fest schon gesehen – und sie werden weitergehen, auch in unserer Zeit!

Die Autorinnen und Autoren dieses Bandes feiern in ihren Gedanken, Geschichten und Gedichten die Menschenfreundlichkeit dieses Festes und laden Sie ein, sich von der Hoffnung anstecken zu lassen, die Weihnachten auf die Erde gebracht hat. Wahr ist: Manchmal ist es finster um uns her. Wahr ist auch: Manchmal genügt ein einziger Stern, um an das Licht zu glauben. Ich wünsche Ihnen diesen Stern zu Weihnachten!

Ulrich Sander

ENDLICH
Weihnachten!

Finde den Ort

Max Feigenwinter

Vielleicht geht dir
in der Mitte der Nacht ein Licht auf
Vielleicht hörst du unverhofft
eine neue Botschaft

Vielleicht ahnst du plötzlich
dass Friede auf Erden denkbar ist
Vielleicht erfährst du schmerzhaft
dass du Altes zurücklassen musst

Vielleicht spürst du
dass sich etwas verändern wird
Vielleicht wirst du aufgefordert
aufzustehen und aufzubrechen

Schweige und höre
sammle Kräfte und brich auf
damit du den Ort findest
wo neues Leben möglich ist

Die Weihnachts-geschichte

DIE BIBEL IN LEICHTER SPRACHE

Als Jesus geboren wurde, lebte ein Kaiser.
Der Kaiser hieß Augustus.
Kaiser Augustus wollte über
die ganze Welt herrschen.
Dazu brauchte er viel Geld.
Darum sollten die Menschen
viele Steuern bezahlen.

Kaiser Augustus sagte:
Alle Menschen sollen in einer Liste
aufgeschrieben werden.
In der Liste kann ich sehen:
Haben alle Menschen die Steuern bezahlt?

Maria und Josef wohnten in Nazaret.
Maria und Josef mussten für die Liste
bis nach Betlehem laufen.
Das ist ein weiter Weg.
Für Maria war der Weg sehr schwer.
Weil Maria ein Kind bekam.

Endlich waren Maria und Josef in Betlehem.
Es war schon sehr spät.
Maria und Josef suchten einen Platz
zum Schlafen.
Aber alle Plätze waren besetzt.
Maria und Josef gingen in einen Stall.

Im Stall wurde Jesus geboren.
Maria wickelte Jesus in Windeln.
Maria hatte kein Kinderbettchen für Jesus.
Darum legte Maria Jesus in den Futtertrog
für die Tiere.
Der Futtertrog heißt Krippe.

In der Nähe von dem Stall waren viele Schafe.
Und Männer, die auf die Schafe aufpassten.
Die Männer waren Hirten.

Gott schickte einen Engel vom Himmel
zu den Hirten.
Der Engel sollte den Hirten sagen:
Jesus ist geboren.

Der Engel ging zu den Hirten.
Der Engel leuchtete und glänzte hell.

Die Hirten bekamen Angst.

Aber der Engel sagte zu den Hirten:
  Ihr braucht keine Angst haben.
  Ihr könnt euch freuen.
  Jesus ist geboren.
  Jesus ist euer Retter.
  Jesus hilft euch.
  Jesus will allen Menschen helfen.

Ihr könnt hingehen und gucken.
So sieht Jesus aus:

- Jesus ist ein kleines Baby.
- Jesus hat Windeln um.
- Jesus liegt im Futtertrog.

Und es kamen noch viel mehr Engel.
Alle Engel glänzten und leuchteten.

Die Engel sangen herrliche Lieder.
Die Engel sagten:
  Jetzt können alle sehen, wie gut Gott ist.
  Jetzt ist Friede auf der Erde.
  Jetzt ist Friede bei allen Menschen,
  die auf Gott gewartet haben.

Endlich wieder Weihnachtszeit

Eva-Maria Leiber

Endlich wieder Weihnachtszeit,
Zeit der Erwartung,
des wachsenden Lichtes.
Zeit, die Herzen und Häuser
auf das Fest einzustimmen.
Der Himmel schickt sein Licht
in unser Dunkel,
Licht des Lebens,
Licht des Friedens,
Licht der Liebe.
Inmitten der Nacht
erblickt ein kleines Kind
das Licht der Welt,
um uns Licht zu sein
auf all unseren Wegen.

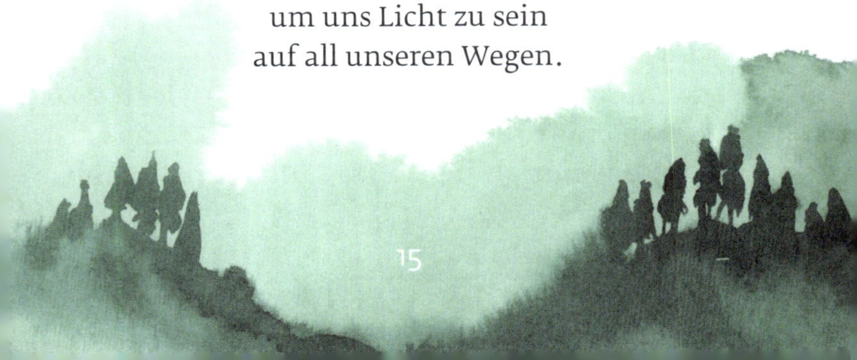

Vom Himmel herab

HUUB OOSTERHUIS

Die biblische Glaubenserzählung »zeigt« einen Gott, dessen Absicht und Wille, dessen Leidenschaft und Vision ist, dass Menschen aus allen Formen der Versklavung, Entfremdung und Unterdrückung befreit werden. Mit diesem »Gott« kann ein Mensch eins werden ... Wenn es auch deine Leidenschaft und Vision ist, dass Menschen aus allen denkbaren Sklavenhäusern befreit werden, dann bist du eins mit diesem Gott des Exodus, des Auszugs; in den Worten der alten griechischen Philosophie gesprochen, bist du dann »eines Wesens« mit ihm.

»Für uns Menschen und zu unserem Heil ist er aus dem Himmel herabgestiegen«, so ist im Glaubensbekenntnis über Jesus gesagt. An den »einen Herrn Jesus Christus« glauben heißt: an einen Herrn glauben, der Knecht geworden ist – und der deshalb als Einziger würdig ist, »Herr« genannt zu werden. So wie nur ein Gott, der herabgestiegen ist, der »wahre« Gott ist. Damit ist aller Machtentfaltung, aller Führerschaft und allen menschlichen Verhältnissen eine Norm gestellt.

»Aus dem Himmel herabgestiegen.« Menschwerden heißt herabsteigen. »Herabsteigen« ist der Gang der Liebe. Herabsteigen, um zu befreien und sich zu erbarmen – das ist die Tendenz der ganzen Tora. »Herabsteigen« ist ein Wort für einen Geist des Lebens, einen Weg des Lebens; und dieser Geist ist in Jesus »offenbar« geworden, das heißt: In ihm ist Gott offenbar geworden, erschienen. Der Gott des Auszugs, der Gott, der weiten Raum schafft (Psalm 18,37), erscheint in Menschen, die »herabsteigen« aus ihrer Ferne, ihrer Unerreichbarkeit, ihren verborgenen Stellen; aus ihren privilegierten Positionen, ihrem geerbten Status, ihren rechtmäßigen Besitztümern; aus ihren Ansprüchen, Erwartungen, Rechten, aus ihrem Rechthaben, ihrem Selbstbild – Menschen, die herabsteigen, um zu befreien, um zu retten, was noch zu retten ist, und wäre es auch nur ein Schimmer, ein Fünklein menschlicher Würde.

Wegen überfüllung geschlossen

Albin Krämer

Kein Platz
keine Zeit
alles belegt
der Terminkalender
das Herz
leider alles voll
voll besetzt
kein Platz

kein Raum mehr für Ideen
keine Zeit mehr zum Durchatmen
kein Freiraum zum Auftanken
kein Platz
keine Zeit
alles belegt
alles voll

und da – wird er geboren
ein Schrei der Geburt
ein Aufschrei der Menschlichkeit

da, wo kein Platz ist
wird Gott Mensch
und der Mensch
findet neu seinen Platz
in Gott

Das Wunder von Weihnachten

Margot Kässmann

Maria sprach:

Meine Seele erhebt den Herrn, und mein Geist freuet sich Gottes, meines Heilandes;

denn er hat die Niedrigkeit seiner Magd angesehen. Siehe, von nun an werden mich seligpreisen alle Kindeskinder.

Denn er hat große Dinge an mir getan, der da mächtig ist und dessen Name heilig ist.

Und seine Barmherzigkeit währet für und für bei denen, die ihn fürchten.

Er übt Gewalt mit seinem Arm und zerstreut, die hoffärtig sind in ihres Herzens Sinn.

Er stößt die Gewaltigen vom Thron und erhebt die Niedrigen.

Die Hungrigen füllt er mit Gütern und lässt die Reichen leer ausgehen.

Er gedenkt der Barmherzigkeit und hilft seinem Diener Israel auf, wie er geredet hat zu unsern Vätern, Abraham und seinen Nachkommen in Ewigkeit.

Lukas 1,46–51

In diesem Lied klingt Maria so ganz anders, als sie in den vielen Bildern gern dargestellt wird: die sanftmütige junge Mutter, ganz und gar auf das Kind ausgerichtet. So wird sie gern gesehen: liebevoll, still und demütig, ergeben geradezu. Ihr Lied klingt da ganz anders, finde ich. Selbstbewusst kommt es daher: Gott erhebt die Niedrigen! »Ich bin gemeint« – das begreift Maria. Ich, eine junge Frau aus Nazareth, die überhaupt nicht herausragt gegenüber den anderen. Sie erschrickt geradezu. Nichts Besonderes hat sie geleistet, sie ist nicht außergewöhnlich klug oder fromm oder schön oder reich. Und doch erlebt sie: Gott hat Großes an mir getan. Und so singt sie ihren Lobgesang, dieses besondere, als »Magnifikat« bezeichnete Lied, ein geradezu revolutionäres Lied.

Das finde ich beeindruckend! In unserer christlichen Tradition spielt Maria als die »Gottesmutter« oder auch »Gottesgebärerin« eine große Rolle. Viele Mütter der Welt identifizieren sich mit ihr, die unter so schwierigen Umständen gebären muss und ihr Kind schützen will. Die irritiert ist über den Jugendlichen, der im Tempel lehrt. Die um den Sohn ringt, wenn sie mit seinen Geschwistern vor der Türe steht und erduldet, wie Jesus ihr eine Abfuhr erteilt. Die bis zuletzt bei ihm bleibt und auch unter dem Kreuz mitleiden wird. Die *Pietá*, das Bild Marias mit dem toten Sohn im Arm, ist weltweit und durch die Jahrhunderte hindurch ein Sinnbild mütterlicher Liebe.

In seiner Auslegung zum Lobgesang der Maria schreibt *Martin Luther*: »... die zarte Mutter Christi, sie lehrt uns mit dem Beispiel ihrer Erfahrung mit Worten, wie man Gott erkennen, lieben und loben soll. Denn weil sie mit fröhlichem regem Geist sich hier rühmt und Gott lobt, er habe sie angesehen, obwohl sie niedrig und nichts gewesen sei, muss man glauben, dass sie verachtete geringe Eltern gehabt hat.« Es ist erstaunlich, wie ein Mann sich hier in Maria hineinfühlt. Er sieht ihre Selbsteinschätzung der Niedrigkeit als Verweis auf ihre soziale Herkunft.

Wenn wir die Weihnachtsgeschichte hören, können wir immer wieder nur staunen. Es ist wahrhaftig keine Elitetruppe, die hier versammelt ist! Bei jeder Castingshow wären sie wohl durchgefallen, da ist kein Kandidat für »Deutschland sucht den Superstar« zu finden. Stellen wir sie uns vor: Maria – sie entspricht wohl kaum der Norm einer Mode-Model-Auswahl. Und Josef – er wird in der

Geschichte eher als Randfigur angesehen, nicht gerade der Gewinnertyp. Die Hirten – das wären heute sicher auch Menschen, die um ihre tägliche Existenz ringen müssen. Weil sie von Hartz IV leben, weil sie bitter arm sind im Alter oder illegal arbeiten und um Abschiebung fürchten. Nein, Lichtgestalten einer Glitzerwelt sind unsere biblischen Weihnachtsprotagonisten nicht ...

In der Geschichte des Christentums wird es so bleiben. Petrus ist ein ängstlicher Typ. Sobald Jesus verhaftet wird, leugnet er, ihn überhaupt gekannt zu haben. Und doch wird er einer der führenden Apostel. Maria Magdalena umgibt ein eher zweifelhafter Ruf. Und doch wird sie wegen ihrer Glaubenstreue in aller Welt und durch die Jahrhunderte erinnert. Paulus hat Christen brutal verfolgt. Und doch wird er, der mit körperlichen Einschränkungen leben muss, das Evangelium über das Mittelmeer nach Europa bringen.

Jesus erzählt in seinem Leben und seinen Gleichnissen von Gott als einem Gott der kleinen Leute. Niemand ist zu gering. Alle können etwas beitragen mit ihrem Gottvertrauen zum Reich Gottes. Das ist mir wichtig an meinem Glauben: Jesus selbst war kein Kämpfer, der auf dem Pferd mit dem Schwert daherkam und siegte. Unbewaffnet reitet er auf einem Esel nach Jerusalem ein. Er wehrt sich nicht, als er verhaftet wird. Er lässt sich verspotten, leidet, stirbt elend am

Kreuz. Der Gott der kleinen Leute, er ist selbst klein, elend. Und gerade deshalb weiß unser Gott etwas vom Leid des Lebens, des Alltags, von Schmerz und Trauer. Gerade deshalb können wir uns diesem Gott anvertrauen. Gott schickt nicht Leid. Gott weiß selbst um Leid und Kummer und gibt uns die Kraft, damit zu leben.

Ein Unternehmer fragte mich: Heißt das denn, mit den Reichen und Erfolgreichen kann Gott nichts anfangen? Aber doch! Gott freut sich an den Menschen. Nur haben es die Reichen und Erfolgreichen wohl in der Tat schwerer. Wer erfolgreich ist und gut zurechtkommt, steht in der Versuchung, zu denken: Ich brauche niemanden. Das habe ich mir alles selbst zu verdanken! Da vertrauen Menschen eher auf Macht, Schönheit und Geld als auf Gott. Sie sehen sich gern als »Macher« ihres eigenen Lebens. Deshalb ist es so schwer für sie, ihr Vertrauen ganz auf Gott zu werfen. So schwer wie für ein Kamel oder ein dickes Tau, durch ein Nadelöhr zu gelangen. Wenn sie aber frei werden von der Gier nach Mehr, von der Angst um den Besitz und den Blick auf die Menschen um sie herum werfen, Freude haben am Geben und Teilen, ihr Herz nicht an Dinge, sondern an Gott hängen, dann teilen sie die Freiheit der Kinder Gottes.

Aber müssen wir nun alle etwas tun, um unser Gottvertrauen geradezu zu beweisen? Das wäre doch ganz gegen Martin Luthers Erkenntnis, dass allein der Glaube unser Leben rechtfertigt und nicht unsere Leistung. An der Weihnachtsgeschichte der Evangelisten Lukas und Matthäus können wir sehr schön ablesen, was Luther meint. Maria leistet nichts. Sie vertraut sich mit ihrer Schwangerschaft Gott an. Und gerade so wird sie zum Sinnbild von Gottvertrauen. Josef hat seine Zweifel mit Blick auf all die problematischen Umstände. Aber er fragt nicht viel, er steht seiner Frau bei, vertraut seiner Intuition, seinem Traum, und flieht vor dem mordenden Diktator Herodes nach Ägypten. Die Hirten haben nichts vorzuweisen. Aber sie vertrauen dieser Botschaft, die sie wie von Engeln zu hören meinen. Es wird nicht sofort alles besser für die Protagonisten. Kein Geldregen kommt über sie, ein *Happy End* ist nicht in Sicht. Und doch ändert sich ihr Lebensgefühl: Gott ist da. Gott ist mitten unter uns erfahrbar, das erleben sie. Ihr Leben macht Sinn. Sie sind angesehene Personen, weil Gott sie ansieht.

In seiner Magnifikat-Auslegung schreibt *Martin Luther* auch: »Niemand lasse den Glauben daran fahren, dass Gott an ihm eine große Tat tun will.« Niemand. Das heißt, nicht nur Maria ist gemeint. Auch ich bin gemeint. Wir alle. Gott traut ganz normalen Menschen etwas zu. Allen Menschen. Gott spricht uns an, auch wenn wir nicht außergewöhnlich klug oder fromm oder schön oder reich sind. Kleine Menschen spielen eine Rolle: eine junge Frau, ein Zimmermann, Hirten. Petrus, der Jesus verleugnet, und Maria Magdalena, die einen zweifelhaften Ruf hat. Ihnen allen traut Gott zu, etwas zu erzählen davon, was die Liebe und Zuwendung Gottes bedeuten. Das bleibt auch heute wahr.

Da macht ein Mensch die Erfahrung von Liebe und entdeckt: Mein Leben macht Sinn, ich bin gar kein Verlierer, nein, mir ist Sinn schon zugesagt. Ich schaffe das schon. Da nimmt eine Familie schlicht einen Flüchtling bei sich auf, ohne großes Theater, weil sie das als christliche Haltung ansieht. Und sie erlebt Bereicherung, Glück an dieser Gemeinsamkeit. Ein Mann tritt für die Würde des Obdachlosen ein, der aus dem Laden gescheucht werden soll, und spürt an sich: Ja, das war gut, das fühlt sich richtig an. Eine Jugendliche verteidigt ihre dunkelhäutige Freundin, die in der Straßenbahn angepöbelt wird. Sie begreift: Unsere Verbindung ist stark, das Miteinander kann dem Hass etwas entgegensetzen. Immer dann ereignet sich etwas von dieser Barmherzigkeit Gottes mitten in unserer Wirklichkeit. Und immer dann sehen wir im Kleinen, was einst im Großen Gottes Zukunft bedeuten wird: das Ende von Hass und Gewalt.

Gott übersieht sie nicht, die sogenannten kleinen Leute. Nicht die Menschen, die in tiefster

Angst über das Mittelmeer fliehen, die ertrinken, weil sie nicht schwimmen können. Nicht die Menschen, die nicht ein und aus wissen, weil das Geld so knapp ist und die Kinder doch so gern neue Schuhe hätten. Nicht die Menschen, die ganz still sind, weil die Rente so klein ist und sie sich kaum trauen, um Hilfe zu bitten, zur Tafel zu gehen, zu beschämend ist das.

Als ich vor einigen Jahren den Weihnachtsgottesdienst in der Marktkirche Hannover hielt und die Kirchenälteste mit der Lesung begann: »Es begab sich aber zu der Zeit, dass ein Gebot von dem Kaiser Augustus ausging …«, stöhnte neben mir ein etwa zehnjähriger Junge auf: »O Mann, die Story kenn ich schon!« Ich hab ihm zugeflüstert: »Und du wirst sie immer wieder hören im Leben, jetzt mit deinen Eltern, später vielleicht mit deiner Liebsten und deinen eigenen Kindern!« Ja, für mich klingt die Weihnachtsgeschichte jedes Jahr neu. Weil sie lebendig werden, Maria und Josef, das Kind und die Hirten und die Weisen. Wir begegnen ihnen auf den Straßen unserer Städte und Dörfer. Das Wunder von Weihnachten meint nicht Glanz und Gloria, wie es uns die Werbung vorgaukelt. Das Wunder von Weihnachten handelt von kleinen Leuten mit all ihren Sorgen und Konflikten. Und so wird es auch an diesem Weihnachtsfest Enttäuschungen geben, auch Bitterkeit und Streit. Aber vielleicht hilft der Blick auf die Weihnachtsgeschichte selbst, dass wir das überwinden. Das Leben ist nicht perfekt, kein Leben ist das. Aber wenn wir uns Gott anvertrauen, dann bekommen wir einen gnädigeren Blick auf uns selbst. Und wir können freier auf die anderen blicken. Auch wenn an Weihnachten nicht alles gelingt, nicht alles harmonisch ist: Gott ist da, mitten im Alltag. Das ist das Wunder.

Was wird gespielt?

DIETRICH BONHOEFFER

Wenn wir am Advents- und Weihnachtsgeschehen teilnehmen wollen, so können wir nicht einfach wie bei einem Theater danebenstehen und uns an all den freundlichen Bildern freuen, sondern dann werden wir selbst in diese Handlung, die da geheim geschieht, in diese Umkehr aller Dinge mit hineingerissen, da müssen wir mitspielen auf dieser Bühne, da ist der Zuschauer immer schon eine handelnde Person in dem Stück, da können wir uns nicht entziehen. Was spielen wir denn da mit? Fromme Hirten, die ihre Knie beugen? Könige, die ihre Gaben bringen? Was wird denn da gespielt, wo Maria die Mutter Gottes wird, wo Gott in die Niedrigkeit der Krippe in die Welt kommt? Wir können an seine Krippe nicht treten wie an die Wiege eines anderen Kindes, sondern wer an seine Krippe gehen will, mit dem geht was vor, der kann nur gerichtet oder erlöst wieder von hier fortgehen, der muss hier entweder zusammenbrechen oder er weiß die Barmherzigkeit Gottes sich zugewandt.

Weisheit des Krippenspiels

Stefan Weigand

»Ja, klar wollen wir beim Krippenspiel mitmachen. Solveig von nebenan ist auch dabei!« Irgendwann im November ging es los: Der Zettel mit den Probenterminen klebte am Kühlschrank, und mit den Nachbarn war schnell besprochen, wer die Kinder wann zur Kirche bringt.

So ein Krippenspiel hat so gut wie immer die gleichen Rollen: Engel, Hirten, natürlich Maria und Josef, manchmal ein Erzähler oder auch der Wirt, der das junge Paar dann abweist. »Und, welche Rolle habt ihr eigentlich?«, frage ich nach dem zweiten Treffen.

»Na ja, wir wollten halt so leicht wie möglich unseren Text lernen können, und das war bei den Schafen einfach am besten. ›Mäh, mäh!‹ Cool, oder? Und wir sind trotzdem total wichtig.«

Dieses »Mäh, mäh!« kam mir in diesem Advent und im folgenden Jahr oft in den Sinn. Nämlich dann, wenn ich wieder einmal gemerkt habe, dass die Dinge deshalb so kompliziert laufen, weil ich einen zu hohen Anspruch an mich selbst habe. Wenn ich glaube, es allen recht machen zu müssen. Wenn ich Angst vor Kompromissen habe. Wenn ich mich auf ein Wird-schon-irgendwie-Gehen nicht so ganz einlassen möchte.

Dann gibt mir das »Mäh, mäh!« wieder Vertrauen ins Leben – und darin, dass das Einfache und Improvisierte ziemlich schön und total wichtig sein kann.

»Mäh, mäh!« –
die richtige Antwort,
wenn man sich
auf ein
Wird-schon-irgendwie-Gehen
nicht so ganz
einlassen möchte.

Weihnachts-
SEGEN

Brot und Rosen

Pierre Stutz

Die Geburt im Stall von Betlehem ist ein wohltuendes Urbild, um ein Wachstum förderndes Zuhause erfahren zu können. Da begegnen wir nicht nur der Wärme, dem Einfachen, der Verbundenheit mit den Tieren, dem Geerdetsein. Da werden wir konfrontiert mit der Härte des Lebens, mit unangenehmem Geruch, mit der eigenen Verletzlichkeit und Verunsicherung. Beides gehört zu einer echten Menschwerdung, wie wir sie im Leben Jesu von seinem Anfang an bis zu seinem Tode und in seiner Auferstehung erfahren können. Darum überzeugt seine Lebensschule damals und heute unzählige Kinder, Jugendliche, Frauen und Männer jeden Alters. Weihnachten ist nicht nur das Geburtsfest Jesu. Es ist das Fest aller leidenschaftlichen Menschen, die in Wohlwollen und Konfliktfähigkeit, Lebensfreude und Toleranz, Zärtlichkeit und Freiraum einander zum Leben in Fülle für alle ermutigen: Wir brauchen Betlehem in unserem Leben. Betlehem heißt wörtlich »Haus des Brotes«. Wir können einander täglich Brot und Rosen sein.

Brot in der Winternacht

Walter Kasper

Der Mönch *Evagrius Ponticus* aus dem vierten Jahrhundert und der einflussreiche Wüsten- und Mönchsvater *Johannes Cassian* schildern eine Geschichte, die auf den ersten Blick humorvoll, in Wirklichkeit sehr ernst ist. Sie berichten von einem Mönch, der es in seiner Zelle nicht mehr aushält. Die Zelle wird ihm zu eng und die brütende orientalische Mittagshitze unerträglich. Langeweile, Überdruss und Widerwille gegen das geistliche Leben eines Mönchs überkommen ihn. All die Frömmigkeit scheint ihm nichts zu bringen; er sieht darin keinen Fortschritt und keinen geistlichen Gewinn mehr. Dann schaut er zum Fenster heraus, ob nicht ein Mitbruder kommt, um ihn zu besuchen. Aber auch da tut sich nichts. So wird er seiner Einsamkeit überdrüssig und schimpft über die anderen. Es ist einfach zum Davonlaufen. Und tatsächlich, er läuft davon. Er will aus der Enge seiner Zelle heraus, hinaus ins, wie er meint, wirkliche Leben.

Der gelehrte und berühmte Theologe *Origenes* sprach vom Mittagsdämon der brütenden orientalischen Mittagshitze. Er war freilich klug genug, um zu erkennen, dass man diesem Mittagsdämon nicht einfach davonlaufen kann. Er verfolgt den Mönch weiter. Lauheit, Unzufriedenheit, Lustlosigkeit, Traurigkeit und immer wieder Überdruss begleiten ihn auch in Zukunft. Denn der Überdruss am mönchischen Leben kann sehr schnell zum Überdruss am Leben in der Welt und an den weltlichen Freuden werden.

Diese Geschichte vom Mönchlein, der davonläuft, weil er es in seiner Zelle nicht mehr aushält, hatte ein langes Nachleben. Sie wurde grundlegend nicht nur in der geistlichen Literatur; sie lebt auch in der weltlichen Literatur und in der Psychologie bis heute munter weiter ...

Wohl bei jedem kommt es gelegentlich zu Überdruss, sei es im Privatleben oder im Berufsleben. Man ärgert sich, hat keine Lust mehr, möchte am liebsten den ganzen Bettel hinschmeißen, davonlaufen und etwas Neues beginnen. Heute spricht man von *Midlifecrisis*. Sie kann zu Panik- und Fluchtreaktionen, auch zu einer Glaubenskrise wie zu einer Partnerschafts- und einer Berufskrise führen. Sie kann aber auch zu einer schmerzhaft befreienden Reifungskrise und zur Reifungschance für die zweite Lebenshälfte werden. Schließlich gibt es das, was *Sigmund Freud* als »Unbehagen in der Kultur« beschrieben und analysiert hat. Jede Kultur setzt Normen, welche dem Zusammenleben eine bestimmte Form und Ordnung geben. Das setzt Grenzen, verlangt Verzicht und Einschränkung wie Disziplin. Dabei gibt es nicht nur geschriebene, sondern auch ungeschriebene Gesetze des Verhaltens. Sie können eine Zeit lang Evidenz haben und Akzeptanz finden. Dann kann es zu Unbehagen, Unzufriedenheit, Überdruss, Protest kommen. Erst kritisches Unbehagen, dann einzelne Tabubrüche und schließlich der offene Protest und der Versuch in Emanzipations- und Befreiungsbewegungen, aus der als Enge empfundenen Konvention und Kultur auszubrechen und einen alternativen Stil des Lebens und des Zusammenlebens auszuprobieren und zu propagieren ...

Für Christen ist keine Situation einfach gottlos. Zu meinen, unsere Situation sei nur schlecht, wäre blanker Manichäismus. Für Christen ist Gott immer da und immer am Werk. Ohne ihn wäre die Schöpfung längst ins Nichts gefallen. Letztlich hat allein Gott die Fäden der Welt und der Geschichte in der Hand, und seine Hände sind gute Hände. Nach dem Apostel Paulus ist Gottes Geist im Seufzen, in den Gärungen und Geburtswehen der Welt und ihrer Geschichte am Werk. Oder um es in der Sprache Jesu auszudrücken: Das Reich Gottes ist mitten unter uns. Es ist immer im Kommen, es wächst auch, wenn wir schlafen und das Wachsen nicht bemerken oder auch nicht bemerken wollen ... In einem Gedicht von *Friedrich Wilhelm Weber* (1813–1894) heißt es:

Es wächst viel Brot in der Winternacht.
Weil unter dem Schnee frisch grünet die Saat;
Erst wenn im Lenze die Sonne lacht,
Spürst du, was Gutes der Winter tat.
Und deucht die Welt dir öd und leer
Und sind die Tage dir rau und schwer,
Sei still und habe des Wandels acht:
Es wächst viel Brot in der Winternacht.

In der Geschichte, besonders in der Geschichte des Heils, geht es freilich nicht nach den Regeln der Natur und dem Wechsel von herbstlich-winterlichen und frühjährlichen-sommerlichen Zeiten zu. In der Geschichte und zumal in der Geschichte des Heils darf man mit Überraschungen rechnen.

Als Sara, neben Abraham, dem Vater des Glaubens, die Erzmutter des Glaubens, die Ankündigung hörte, dass sie mit ihren achtzig Jahren noch den verheißenen Nachkommen zur Welt bringen werde, da musste sie etwas ungläubig lachen und spöttisch feststellen, dass ihr Ehemann mit seinen hundert Jahren ja auch nicht mehr der Jüngste ist. Man hat schon oft gefragt, was hinter diesem Lachen Saras steckt. Vielleicht etwas von der Art Humor, den *Kierkegaard* als die letzte Stufe vor dem Glauben verstanden hat. Es ist ein Humor, der die Welt auf heiter gelöste Weise überwunden hat; er nimmt sie auch da nicht tod-ernst, wo eigentlich nichts mehr, von Gott aber alles zu erwarten ist. So wird auch Abraham von den drei Boten belehrt: Bei Gott ist nichts unmöglich. Als dann Sara tatsächlich gegen alle Regeln der Natur ihr Sohn Isaak geschenkt wurde und die Verheißung der Nachkommenschaft gegen alle menschlichen Erwartung unerwartet in Erfüllung ging, konnte Sara voll Freude des Glaubens lachen, weil Gott ihr, die als unfruchtbar galt, noch einen Sohn geschenkt hatte.

Abraham und Sara zeigen, dass es in aller Nacht und in allem Dunkel der Geschichte auch eine Leuchtspur der Hoffnung gibt. Man kann auch von einem in der Geschichte wirksamen »Prinzip Hoffnung« sprechen. Das deutlichste Zeichen für dieses Prinzip Hoffnung ist, dass das

Leben weitergeht. Es gibt nicht nur den Tod, es gibt auch immer wieder neu die Geburt neuen Lebens. So waren es in der biblischen Geschichte nicht zuletzt immer wieder mutige Frauen, welche in menschlich aussichtslos scheinenden Situationen nicht aufgegeben, sondern auf den Gott des Lebens gesetzt haben und aus der Hoffnung heraus nicht dem Tod, sondern dem Leben recht gegeben haben ...

Der Engel wendet sich an Maria, damit sie die Mutter des Sohnes Gottes und des messianischen Erlösers wird, dessen Herrschaft kein Ende haben wird. Jesus wird nicht nur von seinem Volk erwartet, sondern er ist die Erfüllung der Hoffnung aller Menschen guten Willens und der Erlöser der ganzen Menschheit. Es kommt also nicht von ungefähr, dass der Evangelist Lukas den Stammbaum Jesu nicht nur wie Matthäus bis auf Abraham, sondern noch weiter, nämlich bis auf Adam zurückführt. So bettet Lukas sein Evangelium in eine weltumspannende Perspektive ein, verortet es nicht nur in der Heilsgeschichte des Volkes Israel, sondern auch in der Weltgeschichte, wie die Erwähnung von Kaiser Augustus in der Weihnachtsgeschichte zeigt.

Maria, die dazu berufen ist, die Mutter des Welterlösers zu werden, findet sich somit in der Nachfolge Evas wieder, die »die Mutter aller Lebendigen« ist. Eva wurde durch ihren Ungehorsam zum Tor nicht des Lebens, sondern des Todes. So, wie Eva dazu beigetragen hat, den Tod zu bringen, so trägt Maria dazu bei, das Leben zu bringen. Maria ist als Mutter des Erlösers zum Tor des neuen Lebens geworden: nicht nur des irdischen Lebens, sondern auch und vor allem des ewigen Lebens. In Marias Sohn hat sich die Verheißung an Abraham erfüllt: »Durch dich sollen alle Sippen der Erde Segen erlangen.«

Land in Sicht

Ulrike Wolitz

Nächtige Fahrt
übers Meer dahin
dunkel und ängstig
Gesicht um Gesicht

Menschheit
im Boot der Flucht
vor dem langen
jahrtausendelangen Arm
des Herodes

doch die Weihnacht
sitzt still
im Boot
leise Umarmung voll Licht
im Bangen und Schrein
Land in Sicht

Weihnachten fährt vorbei

Andrea Schwarz

Früher Abend, Ende Dezember – ich sitze an meinem Schreibtisch. Draußen ist es dunkel geworden, alles ist ruhig, nur ab und an fährt ein Auto vorbei oder draußen auf der Ems tuckert ein Schiff. Ich mag die Schiffe auf der Ems. Wenn ich das Geräusch der Schiffsmotoren höre, geht mein Blick zum Fenster, ich schaue dem Schiff nach und überlege, wie es wohl sein mag, in einem Zuhause zu leben, das von Hafen zu Hafen fährt – immer unterwegs, immer nur für einen Tag, eine Nacht irgendwo angekommen.

Gerade eben fuhr wieder ein Schiff vorbei. Ich schaute auf, sah die Positionslampen, das abgeblendete Licht im Ruderhaus, ein warmes Licht in den Wohnräumen – und dann am Heck einen Weihnachtsbaum mit hellen, elektrischen Kerzen ... und dann war das Schiff vorbei, weiter auf seinem Weg zur Nordsee. Weihnachten ist vorbeigefahren, fiel mir spontan dazu ein ... und irgendwie fand ich es schön, fühlte mich getröstet, aufgehoben, erinnert. So ist das auch im Leben. Weihnachten kommt, wird gefeiert – und dann ist es vorbei, und der Alltag kehrt wieder ein. Und das ist durchaus in Ordnung so. Es muss nicht bleiben, es darf durchaus weiterziehen. Aber es sollte trösten, erinnern, bergen – damit ich neu den Weg in den Alltag suchen und finden kann. Und wenn Weihnachten das nicht einlöst, dann kann es sein, dass Weihnachten gar nicht richtig war …

Aber es gibt noch eine andere Möglichkeit, und die habe ich an dem Abend von den Schiffern gelernt: Man kann Weihnachten auch in den Alltag mitnehmen, auf dem Weg von Hafen zu Hafen, immer unterwegs. Immer nur für einen Tag, eine Nacht irgendwo ankommen. Auf dem Weg meiner Sehnsucht – aber mit Weihnachten im Herzen.

Weihnachtswünsche

Ulrich Peters

Was ich Dir zu Weihnachten wünsche,
ist nicht, dass sich alle Erwartungen erfüllen.
Hohe Erwartungen und große Enttäuschungen
liegen mitunter nahe beieinander.

Aber dass das Fest Dir gute Gründe gibt,
Dich wieder zu wundern
über die unbegrenzten Möglichkeiten,
die Dir mit Deinem Leben geschenkt sind,
das wünsche ich Dir.

Dass Du eine Menschwerdung
am eigenen Leib erfährst
und Du Dich überraschen lassen kannst
von Dir selbst,
dass Du entdeckst, was in Dir steckt,
ist mein Wunsch für Dich.

Möge Weihnachten für Dich
zu einer schönen Bescherung werden
und Du Dich reich beschenkt fühlen.

Nicht nur mit schönen Dingen. Das auch.
Aber vor allem mit Wertschätzung und Wohlwollen
und allem, was Dich lebendig
und lebensfroh sein lässt.

Damit Du erfährst,
dass Du selbst ein Geschenk bist
und es ein Glück ist, dass es Dich gibt,
das wünsch ich Dir.
Mit einem alten Wort wünsche ich Dir:
Frohe Weihnachten.
Nicht nur, dass Du guter Dinge,
heiter und aufgeräumt bist. Das auch.
Aber dass Deiner Freude die Kraft innewohnt,
alle Formen der Furcht zu verzehren,
die dich bedrängen und Dich am Leben hindern,
das wünsch ich Dir.

Was ich Dir zu Weihnachten wünsche,
ist nicht nur, dass Du mit dem Fest
etwas anzufangen weißt. Das auch.
Aber ich wünsche Dir vor allem,
dass Du mit Dir selbst etwas anzufangen weißt.
Dass Du Dich an allen Deinen Tagen freuen
und vorbehaltlos Ja sagen kannst
zu Dir und Deinem Leben, das wünsch ich Dir.

Aber auch, dass Weihnachten Dich
an Deine tiefsten Träume erinnert
und Dir Mut macht, ihnen zu trauen.

Möge Weihnachten Dir alle Angst nehmen,
Dein Leben neu und anders anzugehen,
und Dir die Kraft schenken,
ihm hinzuzufügen, was Dir daran noch fehlt.

Was ich Dir zu Weihnachten wünsche,
ist nicht nur, dass es für Dich
zu einem Fest des neuen Anfangs werde. Das auch.
Aber dass es Dir zum Fest
des freudigen Abschieds werde,
das vor allem wünsche ich Dir.

Möge Weihnachten alles wegwischen,
was Dich bedrückt und bedrängt.
Dass Du leichten Sinnes
und ohne Klagen zurücklassen kannst,
was immer Dein Herz beschwert,
dass Zuversicht wächst,
wo vorher Zaghaftigkeit war,
wünsche ich Dir.

Möge Weihnachten für Dich zum Fest der Fülle
und Erfüllung werden,
die aus der Lebensfreude strömt,
Dich zu neuen Ufern trägt und alle Deine Tage
mit Glück und Gelingen segnet.

Was ich Dir zu Weihnachten wünsche,
sind nicht nur gesegnete Feiertage.
Das natürlich auch.
Aber dass Weihnachten werde in Deinem Leben,
das vor allem wünsche ich Dir.

Mögest Du spüren,
wie der Himmel Hand und Fuß bekommt
und zur Welt kommen will,
jeden Tag neu.
Dass das Erleben der Feiertage
auch Deine Alltage prägt,
sie reich macht an Leben und Liebe
und Dir viele besondere Momente schenkt,
das wünsche ich Dir.

Was ich Dir zu Weihnachten wünsche, ist nicht,
dass Dein Leben ungestört bleiben möge.
Das gibt es nicht.
Aber dass das Glück und die Geborgenheit,
die Du in diesen Tagen erfahren hast,
Dich stark machen
gerade angesichts der Gefahren
und Gefährdungen des Lebens
und Dir die Kraft geben,
seine Kämpfe zu bestehen,
das wünsche ich Dir.

Mögest Du darauf vertrauen können,
dass Du stets einen starken Verbündeten hast
und alles gut wird, auch wenn die Wege dahin
vielleicht schwierig sind.

Dass Weihnachten für Dich
nicht nur ein Fest bleibt,
sondern lebendige Wirklichkeit wird,
das wünsch ich Dir.

Allein die Liebe

Christa Spilling-Nöker

Die Weihnachtstage sind immer mit einer ganz besonderen Sehnsucht erfüllt: mit der Sehnsucht nach Geborgenheit und Wärme. An den dunklen Abenden träumen wir im Schein der Kerzen davon, dass in uns wieder etwas heil werden möge von dem, was uns im Laufe der Jahre gekränkt und verletzt hat; was wir so gerne vergessen möchten – und was dennoch immer wieder schmerzhaft in uns aufbricht.

Die Weihnachtsgeschichte erzählt davon, dass mit Jesus Christus die göttliche Liebe in die Welt hineingeboren worden ist. Und so hoffen wir darauf, dass diese Liebe auch heute in uns das Licht der Welt erblickt, wie es der Mystiker *Angelus Silesius* formuliert hat: »Und wäre Christus tausendmal in Bethlehem geboren und nicht in dir, du bliebest doch in alle Ewigkeit verloren.« Das göttliche Kind, in uns geboren, befreit uns zum einen zu der Liebe zu uns selbst: zu der Liebe, die uns die Kraft gibt, mit uns selbst barmherziger umzugehen; die uns davon erlöst, uns in dem beruflichen Leistungsdruck oder in unseren familiären Beziehungen immer wieder selbst zu überfordern. Zu der Liebe, die uns von der Vorstellung freimacht, unser Leben stets nach vermeintlichen gesellschaftlichen Zwängen ausrichten zu müssen. Zu der Liebe, die es uns ermöglicht, uns selbst zu vergeben, wo wir anderen Menschen wehgetan haben.

Aus diesem achtsamen Umgang mit uns selbst erwächst die Freude und die Kraft, andere Menschen lieb zu haben, ihnen zu vergeben und für sie da zu sein, wenn sie unserer Hilfe bedürfen. Wo sich die Liebe in dieser mannigfachen Weise erfüllt, können wir unser Leben in einem neuen Licht wahrnehmen. Und in diesem heiligen weihnachtlichen Licht dürfen wir darauf vertrauen, dass auch das Wunder von Heilung in uns und in unseren Beziehungen Wirklichkeit wird und sich unsere Sehnsucht nach Wärme und Geborgenheit stillt.

Das Wort, das es nicht gibt

Arnold Stadler

»Liebe« gibt es als Wort in unserer Sprache in Rast *[dem Dorf bei Meßkirch, aus dem der Autor stammt]* überhaupt nicht. Das Wort als Substantiv gibt es nicht. Es wird nur als Tuwort ausgesprochen. Dann heißt es »mögen«. »Ich mag dich.« – »Ich liebe dich!« zu sagen, wäre ein Satz aus einer Fremdsprache gewesen. Das sagte bei uns niemand. Lieben ist ein Tuwort. »Ama et fac quod vis« (»Liebe und tu, was du willst«): Das ist auch ein Satz von Augustinus. Mehr kann ich eigentlich immer noch nicht sagen.

Ich weiß nicht, wie die jungen Leute das heute sagen, weil ich ja nicht dabei bin. Zu meiner Zeit hätte niemand gesagt: Ich liebe dich. Das wäre mir vorgekommen wie der Satz eines Filmschauspielers, den man einmal in der Glotze oder in einem schönen Film gehört hat. – Wahrscheinlich hat man gar nichts gesagt. Auch nicht: »Ich mag dich.«

Liebe ist für mich zunächst das Wort, das es nicht gibt. Und dann das Unselbstverständliche, das Unerhörte, über das ich eigentlich gar nicht sprechen kann. Vielleicht schreiben. Ansatzweise. Liebe ist eine Erfahrung, die ich dann in einen literarischen Kontext orte, verorte, überführe. Und da sind dann auch Anklänge an das Unsagbare dabei. Liebe ist eigentlich nicht auszusagen. – Liebst du mich? – Bevor ich darüber nachdachte, wusste ich es noch.

Was ist Liebe? Ist es ein Tuwort? – Ich glaube, es ist ein Tuwort! ...

Ich habe aber noch eine andere Assoziation. Da geht es um Gott. »Gott ist die Liebe.« Der heilige Augustinus sagt: »Wenn du es begriffen hast, ist es nicht Gott.« So ist es mit der Liebe. Für mich ist Liebe unbegreiflich. Und die schönste aller Unbegreiflichkeiten.

Von
guten
Mächten

Manchmal

Antje Sabine Naegeli

Manchmal
über Nacht
erwacht eine Quelle
zum Leben

Manchmal
über Nacht
beginnt es zu grünen
am kahlen Zweig

Manchmal
über Nacht
bringt ein Traum
dir das Leben zurück

Manchmal
über Nacht
hat dich
ein Engel besucht

Engelspuren

Hans-Gerhard Behringer

In einem Fernsehinterview wurde einmal ein Prominenter, dessen Frau an Brustkrebs erkrankt war, gefragt, wie das Leben für ihn seit dieser Diagnose sei. Ratlos und aufgeregt sagte er: »Ich komme damit ganz schwer bis gar nicht zurecht, denn seither sitzt bei uns zu Hause immer der Tod mit am Tisch.« Ich sah diese Sendung nach einer eigenen schweren Erkrankung mit erheblichen Folgen und nickte ergriffen und verstört: Ja, genau so ist das!

Nach etlichen Tagen erzählte ich das – mühsam flüsternd – einem Freund und vertraute mich ihm an. Zu meinem Erstaunen entgegnete er fröhlich und freundlich: »Klar, so ist das immer. Aber da sitzen doch auch all die *positiven* Kräfte und die *guten* Mächte!«

Im christlichen Festjahr begegnen uns – ebenso wie in biblischen Traditionen – immer wieder in entscheidenden Situationen gute Helfer und Kräfte. *Dietrich Bonhoeffer* benennt sie in seinem berühmten Text »Von guten Mächten wunderbar geborgen, erwarten wir getrost, was kommen mag«. In besonderer Tiefe und berührend hat er darin

Gefühle und Erfahrungen des Getröstet-Seins und der Geborgenheit ausgedrückt, während er selbst sich in einer sehr bedrohlichen und gefährlichen Lage befand.

Sein mutiger und tatkräftiger Widerstand gegen den Nationalsozialismus und seine Auflehnung gegen diese Lehren und Taten hatten ihn ins Gefängnis gebracht, in lange, schwere und belastende Einzelhaft. Dort schrie seine Seele oft nach Farben, Musik, Wärme und menschlicher Nähe, und dort entstand, trotz aller Not, in ihm ein Vertrauensgedicht, das ursprünglich Teil eines Briefes zur Weihnacht und Jahreswende 1944 an seine Eltern, seine Familie und seine Verlobte, Maria von Wedemeyer, war. In und trotz seiner schweren Lage konnte er schreiben:

Von guten Mächten treu und still umgeben,
behütet und getröstet wunderbar,
so will ich diese Tage mit euch leben
und mit euch gehen in ein neues Jahr.

Noch will das alte unsre Herzen quälen,
noch drückt uns böser Tage schwere Last.
Ach, Herr, gib unsern aufgeschreckten Seelen
das Heil, für das du uns geschaffen hast ...

Wenn sich die Stille nun tief um uns breitet,
so lass uns hören jenen vollen Klang
der Welt, die unsichtbar sich um uns weitet,
all deiner Kinder hohen Lobgesang.

Von guten Mächten wunderbar geborgen,
erwarten wir getrost, was kommen mag.
Gott ist bei uns am Abend und am Morgen
und ganz gewiss an jedem neuen Tag.

Als ich vor Jahren *Eberhard Bethge*, den wohl vertrautesten Freund Dietrich Bonhoeffers, kennenlernte, fragte ich ihn in einem Gespräch: »Wen hat er denn eigentlich gemeint in diesem berühmten Gedicht und späteren Lied mit den ›guten Mächten‹, von denen wir umgeben, durch die wir geborgen sind?« Und Eberhard Bethge, ein Mann, der noch etwas größer war als ich, beugte sich zu mir herunter, lächelte mich an und sagte freundlich, nachdenklich und langsam mit seiner dunklen, wohlklingenden, sonoren Stimme: »Damit meinte er zunächst seine geliebte Maria, seine Verlobte, und natürlich seine Eltern – und seine Freunde!« »Ach«, sagte ich, und die Tränen schossen mir in die Augen, »dann hat er das wohl auch ganz irdisch gemeint?!« »Ja, auch ganz irdisch!«

Wenn wir in den Geschichten der jüdisch-christlichen Tradition genauer betrachten, was es denn heißt, wenn von »Engeln« gesprochen wird, so zeigt sich, dass in den alten Sprachen, im Hebräischen, Griechischen und Lateinischen, das mit »Engel« übersetzte Wort ursprünglich »Bote« heißt. Wenn wir weiterhin nachschauen, wobei und wofür da von »Engeln« (»Boten«) erzählt wird, können wir erkennen: Es sind wichtige Aspekte des Lebens, *wesentliche Qualitäten*, die, mit dem Wort »Bote« bezeichnet, ins Leben und ins Bewusstsein der beteiligten Menschen treten: Situationsklärung und Sinnstiftung, Ermutigung und Freude. Aber auch Warnung, Wegweisung, die Qualitäten von Schutz und Stärkung, von Aufforderung zum Neuanfang und Loslassen des Alten, von Neuorientierung und Lebensberatung überhaupt.

So verstehe ich zum Beispiel die Geschichten von der Geburtsverkündigung an Maria, an Josef im Traum, die Engel bei den Hirten an Weihnachten, als Schutz auf der Flucht nach Ägypten, bei Jesus im Ringen um sein Leben in Gethsemane oder die stärkenden Boten am Ostermorgen und bei der Himmelfahrt!

Es ist wichtig, dass wir das »Wie« solcher Begegnungen oder Erscheinungen ganz *offen lassen*:

Wie diese Boten oder Botschaften (»Engel«) erschienen und den Menschen begegnet sind, auf welche Weise diese Qualitäten und Mächte wirksam wurden, bleibt offen. Wir können sie in Begegnungen erfahren – oder in einem Stück Musik, Literatur – oder als Idee und Gedanke von innen – oder wie eine Inspiration aus der Tiefe, aus der Höhe. Ganz irdisch, real und menschlich können sie sein, die Boten, oder auch als große, überwältigende, unfassbare Gefühle, Zustände oder Erfahrungen begegnen ...

Doch »die guten Mächte«, die Boten, können uns auch noch völlig anders begegnen; selbst in der Qualität des Belastenden und Schweren kann diese Dimension als hilfreich, erneuernd und transformierend aufscheinen: in einer Krankheit, einem Schwächezustand, einer erschütternden Leiderfahrung, die uns wieder zur Besinnung, zum Leben, zu uns selber bringt. So wie ein Zusammenbruch für einen meiner Freunde eine Botschaft des Lebens war: über die eigene Begrenztheit, über die Bedeutung der Liebe und über das, was im Leben wirklich zählt. Er hat erlebt, wie diese tiefe Krise ihn aufgerüttelt hat, aufgeweckt aus dem Trott seiner Selbstbezogenheit und Egozentrik, der Erfolgs- und Leistungsorientierung, und ihn wach gemacht hat für beständige Werte und ein erweitertes, tieferes Bewusstsein. Er sagte später: »Dieser Zusammenbruch war für mich wie eine Engelsbegegnung, eine wahre Engelsbotschaft, die mich zur Besinnung brachte, meine Partnerschaft in ein neues Licht rückte und meine Perspektiven total veränderte.« So können selbst dunkle Stunden zu Boten des Lichtes und des Lebens werden! Leiderfahrungen, die uns zum Segen werden – »in Gegensätzen bin ich ganz« – auch das sind Engelserfahrungen.

Impuls: Engelspuren entdecken

Wollen Sie es auch einmal versuchen? Wenn Sie sich mit der »Spürnase des Staunens und der Dankbarkeit« auf den Weg machen, der Suchspur folgen nach Engelspuren in Ihrem eigenen Leben, nach Grund zur Freude, Grund zum Lob, Anlass zum Dank: Dann spüren Sie dabei bitte genau hin, was allein diese Fragestellung schon in Ihnen bewirkt. Wie sich Ihre Stimmung verändert, vielleicht sogar Ihre Körperhaltung, Ihr Gesichts- und Augenausdruck. Vielleicht verändert es Ihren ganzen Tag und die gesamte Woche. Bitte glauben Sie es mir nicht einfach, probieren Sie es aus!

Der Weihnachtsengel auf dem Seil

Max Bolliger

Es waren aber auch Gaukler nach Bethlehem gekommen. Sie liefen durch die Straßen und zeigten auf Plätzen und vor den Herbergen ihre Kunststücke.

Einer von ihnen – ein Junge – tanzte auf dem Seil, das sein Vater von einem Hausdach zum andern spannte. In der Mitte drehte er sich um sich selbst, sprang in die Luft und winkte den Kindern zu, die staunend jeden seiner Schritte verfolgten.

Als Clown verkleidet, spielte die Mutter des Jungen auf einer Trompete, während der Vater die Münzen einsammelte, die man ihm zuwarf.

Dann kam die Nacht, plötzlich und kalt. Die Sonne war untergegangen. Niemand wollte länger auf der Straße und an den offenen Fenstern bleiben. Die Gaukler liefen zu ihrem Pferd zurück, das vor dem Stadttor auf sie wartete.

»Hier könnt ihr nicht stehen bleiben«, fuhr sie ein Wächter an. »Macht euch davon und seht zu, wo ihr bleibt.«

Das armselige Gefährt rollte in die Nacht hinaus. In der Nähe einer Weide würden sie vielleicht eine verlassene Scheune finden, Schutz vor Kälte und wilden Tieren.

Schweigsam liefen Vater und Mutter neben dem Wagen her. Der Junge saß auf dem Bock, eine Taube mit verletzten Flügeln im Arm. Sie war ihm zugeflogen. Er pflegte sie, gab ihr zu essen und zu trinken.

Niemand begegnete ihrem Gefährt, außer einem Mann und einer Frau, die auf einem Esel ritt und hochschwanger war. »Ist es noch weit nach Bethlehem?«, fragte der Mann. »Nein, aber wie wir werdet ihr Mühe haben, eine Unterkunft zu finden.« Am Ende führte der Vater Pferd und Wagen unter einen Baum, da weit und breit weder ein leerer Stall noch sonst ein Dach zu entdecken war.

Nach einem kargen Mahl legten sie sich unter eine Decke zum Schlafen nieder. Doch der Junge fand keine Ruhe. Ohne Vater und Mutter zu wecken, erhob er sich und lief in die Nacht hinaus. Es war eine seltsame Nacht. Noch nie hatte er die Sterne so klar und wunderbar gesehen. Nichts rührte sich. Die Sträucher und Bäume standen da, starr vor Kälte und voller Erwartung.

Als er die Hirten und Schafe entdeckte, hoffte er, die Männer würden ihn und seinen Vogel eine Weile am Feuer dulden. Die Hirten schliefen, von merkwürdigen Träumen geplagt. Der Hund, der die Herde bewachte, begann bei seinem Anblick laut zu bellen. Plötzlich aber legte er sich, wie verzaubert, vor seine Füße.

Nur einer der Männer stocherte mit seinem Stab im Feuer herum. Er musterte den fremden Jungen und höhnte: »An unserem Feuer gibt es keinen Platz für fahrendes Volk. Tut eine rechte Arbeit, dann könnt ihr euch am eigenen Feuer wärmen.«

Da machte sich der Junge wieder davon, in die Dunkelheit hinaus. Er versuchte, die Sterne am Himmel zu zählen. Da umhüllte ihn auf einmal ein Mantel aus Licht und Wärme. Jemand fasste seine Hand, und zwei Flügel gingen über ihm auf. Er glaubte, zu träumen, denn er konnte keine andere Hand sehen, die seine kleine Hand so fest hielt und führte.

Aber sein Herz erkannte den Engel. Und der Engel führte ihn zurück zu den Hirten, die sich, aufgescheucht aus dem Schlaf, die Augen rieben und sich fürchteten. Der Mann, der ihn vom Feuer gewiesen hatte, fiel vor ihm auf die Knie und bedeckte sein Gesicht mit beiden Händen.

Der Junge wusste nicht mehr, wie ihm geschah. Demütig sprach er die Worte, die der Engel ihm eingab: »Fürchtet euch nicht, siehe, ich verkündige euch große Freude, die allem Volk widerfahren wird. Denn euch ist heute der Heiland geboren, welcher ist Christus, der Herr, in der Stadt Davids.«

Und alsbald fielen tausend Stimmen ein, die lobten Gott und sangen: »Ehre sei Gott in der Höhe und Friede auf Erden und den Menschen ein Wohlgefallen.«

Die Hirten, ergriffen und erschrocken, machten sich auf gegen Bethlehem, um das Kind in der Krippe zu finden. Mit einem Schrei aber erhob sich aus den Armen des Gauklers die Taube, um ihnen zuvorzukommen.

Als der hartherzige Hirte am frühen Morgen auf das Feld zurückkehrte, begann er sogleich, nach dem Jungen zu suchen, um ihn um Verzeihung zu bitten. Doch die Gaukler waren weitergezogen. Der Junge saß auf dem schwankenden Karren, still und noch immer verwundert. Was war ihm nur geschehen? –

Da setzte sich, wie eine Antwort auf seine Frage, die Taube mit heilen Flügeln auf seine Schulter, um für immer bei ihm zu bleiben.

Erst als er im Licht der aufgehenden Sonne eine kleine Stadt erblickte, erwachte er aus seiner Versunkenheit und freute sich darauf, staunenden Kindern auf dem Seil seine Kunststücke zu zeigen.

Der Engel im Wald

Ulrike Wolitz

Schwer lag der Schnee im Tal. Das Dorf schlief weiß verträumt vor sich hin, einem winterlichen Gemälde gleich. Ich fuhr langsam die Straße entlang, ein paar Meter weiter vorne war die erste Abbiegung nach dem Ortsschild. Sie führte direkt in den Wald. Die Scheibenwischer hatten alle Mühe, die tänzelnden Schneeflocken wegzuwischen. Die Dämmerung ging bereits in die Nacht über. Auf und ab führte mich der Waldweg durch Schnee und Eis, ich hielt mich ängstlich am Steuer fest, trotz der Kälte war mir heiß. Die Heckscheibe war wieder zugefroren, die Sicht war ungenügend. Ich spähte schon nach einer Möglichkeit, im tiefen Schnee auszusteigen oder umzukehren, da kam das Haus in Sicht. Der Schnee vor dem Haus war unberührt, nur eine Katze hatte ihre Spuren hinterlassen. Aus dem Stall war kein Laut zu hören. Ich stieg aus und klopfte, da es keine Glocke gab, an die Fensterscheibe. Ueli, der Bauer, war dement. Sein Sohn öffnete die Türe. Wir saßen auf dem Kanapee in der warmen

Stube. Uelis Pantoffeln waren viel zu groß. Auf dem Tisch standen Kerzen. In der Tasche lag noch das Weihnachtsbild, das mir Kinder gemalt hatten. Ein Geschenk – jetzt für Ueli. Ueli nahm das Weihnachtsbild in beide Hände und hielt es nahe vor sein Gesicht. Lange sagte er nichts, schaute nur und schaute vor sich hin. Dann fing er an zu erzählen. Da, der Mann. Da, die Frau. Und das Kind in der Krippe. Ochs und Esel neben der Krippe und ein Schäfchen dazu. Er lächelte, in sich versunken. Während draußen der Schnee gefror, taute Ueli auf, das Bild vom weihnachtlichen Stall noch in der Hand. Mit der Hand zeigte Ueli, der Bauer, in markanten Gesten, wie er gearbeitet hatte. Aber jetzt – er hob seine gekrümmten Finger – ginge das nicht mehr. Dann nahm er meine Hand in seine gekrümmte Hand und hielt sie fest. Still beugte er sich herab, ganz nah, küsste meine Hand, schaute wieder auf und sagte: »Ein Engel«. Wir tranken dann miteinander Tee und sangen »Stille Nacht«. Auf dem Heimweg ging mir der Engel nicht aus dem Sinn. Ich versuchte, mich an das Bild zu erinnern. Es waren viele Sterne am Himmel gezeichnet, aber ein Engel – nein, ein Engel war nicht im Bild. Aber Ueli, der Bauer, der hatte ihn gesehen.

Dem Stern
FOLGEN

Sterndeuter besuchen Jesus

Die Bibel in leichter Sprache

Als Jesus geboren wurde, leuchtete ein heller Stern am Himmel.
Alle Menschen konnten den Stern sehen.
Auch die Menschen, die weit weg wohnten, konnten den Stern sehen.
Aber die Menschen wussten nicht, warum der Stern leuchtet.

Einige Männer waren Sterndeuter.
Sterndeuter wissen, was ein Stern den Menschen sagen will.

Die Sterndeuter sagten:
Ein neuer großer König ist geboren.
Kommt, wir wollen den neuen König besuchen.
Wir bringen dem neuen König kostbare Geschenke.

Die Sterndeuter gingen los.
Die Sterndeuter kamen bis nach Jerusalem.
Das ist nahe bei Betlehem.
In Betlehem wurde Jesus geboren.

In Jerusalem wohnte ein alter König.
Der alte König hieß Herodes.
Die Sterndeuter gingen zu König Herodes.
Die Sterndeuter sagten:

Wir haben am Himmel einen großen leuchtenden Stern gesehen.
Ein neuer König ist geboren.
Wir möchten den neuen König besuchen.
Wir möchten dem neuen König Geschenke bringen.
Kannst du uns sagen, wo der neue König ist?

Als König Herodes das hörte, bekam er einen Schreck.
König Herodes wollte nicht, dass ein neuer König kommt.
Herodes hatte Angst, dass er nicht mehr König sein kann.
Herodes wollte selber ein König bleiben.

König Herodes fragte seine Berater:

Wer weiß, wo ein neuer König geboren worden ist?

Die Berater überlegten.

Die Berater lasen viele Bücher durch.
Endlich fanden die Berater die Antwort.
Die Antwort stand in einem Buch.
In dem Buch stand:
  In Bethlehem wird ein neuer König geboren.

Die Berater erzählten König Herodes von dem Buch.
Da sagte König Herodes zu den Sterndeutern:
  Geht nach Bethlehem.
  Da ist der neue König geboren.
  Sagt mir Bescheid, wenn ihr den neuen König gefunden habt.
  Dann gehe ich auch zum neuen König.
  Dann bringe ich dem neuen König Geschenke.

Aber König Herodes log.
König Herodes wollte in Wirklichkeit den neuen König töten.

Die Sterndeuter gingen los.
Da leuchtete der Stern wieder hell und groß.
Die Sterndeuter gingen hin, wo der Stern leuchtete.
Der Stern leuchtete über einem Haus.

Die Sterndeuter gingen in das Haus.
Im Haus waren Maria und Josef und der kleine Jesus.

Die Sterndeuter wussten:
Der kleine Jesus ist der neue König.
Die Sterndeuter freuten sich sehr.
Die Sterndeuter machten eine tiefe Verbeugung.
Dann gaben die Sterndeuter ihre kostbaren Geschenke:
Gold, Weihrauch und Myrrhe.

Die Sterndeuter ruhten sich bei Maria und Josef und Jesus aus.
In der Nacht hatten die Sterndeuter einen Traum.
Ein Engel kam von Gott und sagte im Traum:

> Geht nicht wieder bei König Herodes vorbei.
> Herodes ist neidisch auf Jesus.
> Herodes will Jesus töten.
> Geht auf einem anderen Weg in euer Land zurück.

So machten es die Sterndeuter.
Die Sterndeuter sagten Herodes nicht Bescheid.

Der Stern von Bethlehem

Sibylle Hardegger / Stephan Sigg

Sterne sind etwas Schönes, egal, ob man sie im Sommer oder im Winter in der Nacht am Himmel beobachtet. Nicht nur heute, sondern schon zu allen Zeiten haben die Sterne die Menschen beschäftigt. Früher waren die Sterne auch besonders wichtig für alle, die auf einer Reise waren: Sie konnten sich auf dem Meer oder auf den Feldern an den Sternen orientieren und sehen, ob sie in der richtigen Richtung unterwegs waren. Das ging auch drei Personen in der Weihnachtsgeschichte so. Die Bibel berichtet, wie die Sterndeuter – heute werden sie meistens die »Heiligen Drei Könige« genannt – dem Stern gefolgt sind und in Bethlehem das Jesuskind gefunden haben.

Wissenschaftler diskutieren seit vielen Jahrhunderten: »Was hat es mit dem Stern von Bethlehem auf sich?« Schon vor vielen tausend Jahren wurden am Himmel besondere Sternbilder gesehen. Die Menschen erkannten darin Hinweise auf wichtige Ereignisse. Die Sternenkunde war sehr wichtig, um die Welt zu erklären. Denn schon damals stellte man sich die Frage: »Wer kann so groß und mächtig sein, dass er am Himmel erscheinen und leuchten kann? Wer bringt die Sterne am Himmel zum Leuchten?«

Es ist nicht überraschend, dass Sterne von vielen als Götter verehrt und angebetet wurden. Auch in der Bibel werden besondere Ereignisse am Himmel als Ankündigung von Ereignissen gedeutet – guten, aber auch schlechten: So steht zum Beispiel im Markusevangelium: »Die Sterne werden vom Himmel fallen und die Kräfte des Himmels werden erschüttert werden.« Das hört sich schon sehr nach dem Weltuntergang an! Ganz anders bei der Weihnachtsgeschichte.

Da führt ein Stern die Sterndeuter zu Jesus, dem Heiland, dem Heil der Welt. Ein neues Licht geht am Himmel auf, den Menschen geht ein Licht auf, Neues wird erkannt. Dies zeigt deutlich, dass mit Jesus Christus eine neue Zeit angebrochen ist. Wer hätte damals schon gedacht, dass man die Zeit später einmal in »vor Christus« und »nach Christus« einteilt?

Egal, was genau hinter dem Stern von Bethlehem steckt, seine Botschaft ist eindeutig: Er macht auf die Geburt Jesu aufmerksam. Die Evangelisten zeigen mit dem Licht dieses besonderen Sterns, dass mit Jesus ein neues Licht in der Welt erstrahlt. Gott wird in Jesus Christus Mensch – das ist so unerklärbar und ein so unglaublicher Vorgang wie die Sterne am Himmelszelt. Das Licht am Himmel deutet nun nicht mehr auf das Unheil, das bevorsteht, sondern auf das Heil, das für die Menschen gekommen ist: den Heiland Jesus Christus. Diese Botschaft hat voll eingeschlagen. Bis heute! Welches Symbol wird am häufigsten mit dem Weihnachtsfest und mit Bethlehem in Verbindung gebracht? Die Antwort ist ganz einfach: der Stern.

Weihnachten im Oktober

Andrea Schwarz

Vor einigen Jahren fand mein Weihnachten am 21. Oktober in Liechtenstein statt. Ich leitete dort Einkehrtage für Ordensschwestern. Das Referentenzimmer im Haus hatte eine große Terrasse, da stand ich oft, das junge Rheintal vor mir, die Berge auf der anderen Seite des Tales – wunderschön!

Irgendwann mal fiel mein Blick auf den Boden – und da blinkte was. Als ich mich bückte, sah ich, dass es ein ganz kleiner, glitzernder Stern war, vielleicht 5 Millimeter groß. Der lag da mitten zwischen den Kieselsteinen, fast schon vom Grün überwuchert. Okay, wenn es Januar gewesen wäre, hätte ich mich nicht gewundert. Manchmal legen Menschen zu ihren Weihnachtsgrüßen solch kleine Sternchen dazu. Und die findet man dann an den unmöglichsten Orten. Aber im Oktober? Und auf einer Terrasse?

Weihnachten geschieht immer und überall. Und wahrscheinlich am allerwenigsten dann, wenn wir es erwarten. Da finden wir einen Stern, obwohl wir ihn gar nicht suchten. Da wird uns etwas geschenkt, mit dem wir gar nicht gerechnet hatten. Da erfüllt sich etwas, das wir uns gar nicht erträumt hatten.

Weihnachten kann in unserem Leben immer dann geschehen, wenn wir offen für das Andere sind. Wenn wir uns auf etwas einlassen, das wir noch nie so gemacht haben. Wenn wir einen Stern am Himmel suchen, um ihn dann auf dem Boden zu entdecken. Wenn uns das Kleine, Unscheinbare einen Blick wert ist. Dann kann Weihnachten auch mitten im Oktober oder im Mai sein.

Weihnachten – das ist aber zugleich eine ganz andere Botschaft. Nicht ich finde, sondern ich werde gefunden. Gott selbst sucht mich. Und deshalb wird er Mensch, wird er Kind, um in mein Leben hineinzupassen.

Eigentlich muss ich gar nichts tun, nicht warten, suchen, lauschen ... Er ist schon längst da. Ich muss gar nicht finden, sondern darf mich einfach finden lassen. Das ist Weihnachten.

Gott kommt.
Zu mir.
In meinen Stall.
Und er findet mich.

Auch im Mai oder im Oktober.

Meinem Stern folgen

Max Feigenwinter

Was ist unser Stern? Was leitet uns? Es gibt viele Sternchen und Sterne. Es ist nicht einfach, sich richtig zu entscheiden. Immer wieder stellt sich die Frage, ob wir tatsächlich zu Wesentlichem geleitet oder zu etwas anderem verführt werden. Es ist schwierig, zwischen Führung und Verführung zu unterscheiden. Es fordert viel, sich in dieser Welt der vielen Täuschungen nicht blenden zu lassen. Da kann es ein Trost sein, dass auch die Weisen aus dem Morgenland sich haben täuschen lassen. Selbstverständlich haben sie angenommen, der neue König müsse in einem Palast geboren worden sein. Sie haben den Stern aus den Augen verloren, hätten beinahe das Ziel verfehlt.

Es ist ein unwirtlicher Ort, an dem Jesus geboren wurde. Und doch strahlen viele Bilder eine unbeschreibliche Harmonie aus. Das friedliche Zusammensein von Tieren, Menschen und Engeln macht diesen Ort zu etwas ganz Besonderem. Himmel ist dort, wo alle ihren Platz finden.

Wir kennen das. Wenn wir ein schlafendes Baby betrachten, erleben wir einen Frieden, nach dem wir uns letztlich sehnen. *Eugen Drewermann* sagte in einer Weihnachtspredigt: »Und so können wir beginnen, noch einmal die Kinder zu sein, die wir niemals sein durften; das Leben beginnen, das wir in Wahrheit in uns tragen und das oft von so viel Not und Schmerz verschüttet ist.«

Es wird überliefert, dass ganz verschiedene Menschen auf die Geburt im Stall aufmerksam gemacht worden seien und sich aufgemacht hätten, das Kind zu sehen und zu beschenken. Was bedeutet das für uns? Weihnachten ist dort, wo alle, die suchen, was letztlich wichtig ist, Platz haben. Wir leben in einer multikulturellen Welt. Beinahe überall leben Menschen mit verschiedenen Religionen. In den meisten Schulklassen sind Christen, Muslime und Religionslose zusammen. »Wie kann man da noch Weihnachten feiern?«, fragen Lehrkräfte. Es ist wichtig, die Weihnachtsgeschichte zu erzählen. Noch wichtiger ist, Weihnachten zu erleben. Denn Weihnachten ist dort, wo alle akzeptiert werden und ihren Platz in dieser Gesellschaft finden; wo unterschiedliche Menschen einander respektieren, aufeinander hören und versuchen, einander zu verstehen; wo sie voneinander lernen, aufeinander zugehen, zueinander stehen und miteinander für ein menschenwürdiges Leben sorgen.

Die Weihnachtsgeschichte berichtet, dass die Weisen aus dem Morgenland nach Jerusalem an den Hof des Königs Herodes gekommen seien, um sich dort nach dem neugeborenen König der Juden zu erkundigen. Herodes sei durcheinandergeraten und habe nachforschen lassen, wo der Messias geboren werde. Er habe die Weisen dann nach Betlehem geschickt, damit sie dort alles erforschten. Und er habe ihnen befohlen, ihm dann zu berichten, damit auch er hingehen und dem Kind huldigen könne. Immer wieder hat mich dieser König beschäftigt. Ich war überzeugt, dass so etwas in unserer Zeit nicht mehr vorkommt. Doch Herodes hat viele Nachkommen. Immer finden sie Möglichkeiten, sich gegen Neues zu wehren. Es ist unsere Aufgabe, die Machenschaften des »Herodes« zu entlarven, ihm das Handwerk zu legen. Dabei dürfen wir den Herodes in uns nicht übersehen, den ängstlichen Herrscher, der sich nicht wirklich freuen kann, wenn Menschen um ihn herum Neues ermöglichen.

Meinem Stern folgen

vertrauend
hoffend
mit offenen Sinnen
unterwegs bleiben

Meinem Stern folgen
auch wenn mir der Weg
zu lange
zu mühsam

Meinem Stern folgen
auch wenn mir der Weg
zu lange
zu mühsam
zu schwierig scheint

Meinem Weg folgen
so
meine Aufgaben erfüllen
mein Ziel erreichen
neu leben

Weihnachten – Begegnung der Religionen

CHRISTOPH SCHÖNBORN

Die biblische Erzählung von den Heiligen Drei Königen ist gewissermaßen ein Modell der Begegnung der Religionen. Dieses Thema betrifft heute, im Zeitalter der Globalisierung, die ganze Welt. Überall begegnen einander verschiedene Religionen. Nicht nur bei uns, sondern in allen Teilen der Erde, mischen sich die Religionen, leben nebeneinander, miteinander und leider teilweise auch gegeneinander. Die großen politischen Konflikte sind heute oft auch Religionskonflikte.

Wie sieht die Begegnung der Religionen im Licht des Evangeliums aus? Die »Sterndeuter« aus dem Osten sind vermutlich Anhänger der persischen Religion gewesen. Der Wiener Erzbischof Kardinal *Franz König* (1905–2004) war ein bedeutender Kenner und Erforscher dieser Religion, von der es heute nur mehr kleine Minderheiten gibt. Das Erstaunliche an diesen »Weisen aus dem Morgenland« ist ihr Interesse nicht nur an ihrer

eigenen Religion, sondern an einer ganz anderen, fremden: der Religion der Juden. Was bewog diese Gelehrten aus dem fernen Persien, sich aufzumachen und in dem unbedeutenden, kleinen Land der Juden nach einem »neugeborenen König« zu suchen? Wie kamen sie auf die Idee, eine besondere Himmelserscheinung als den Stern dieses Königs der Juden zu deuten? Eine mögliche Erklärung hatte ich bisher zu wenig bedacht.

In Persien, im heutigen Iran, lebten damals Nachkommen jener Juden, die fünfhundert Jahre zuvor aus ihrer Heimat verschleppt worden waren. Von diesen »Exiljuden«, die in Persien heimisch geworden waren, könnten die »Sterndeuter« gehört haben, wie sehr die Juden einen kommenden König ersehnten, den Messias, ihren Erlöser. Eine besondere Planetenkonstellation ihrer Tage sahen sie als Hinweis darauf, dass diese Erwartung jetzt in Erfüllung ging.

Die Hoffnung der Juden auf einen Erlöser erfüllte auch sie mit der Sehnsucht nach einem Friedenskönig, nicht nur für die Juden, sondern für alle Völker. Mit dieser Hoffnung machten sie sich auf den weiten Weg.

Mich bewegt an dieser Geschichte die Bereitschaft, von einer anderen Religion etwas zu lernen.

Diese Gelehrten aus Persien waren offen für das, was sie auch aus anderen Glaubensrichtungen bekommen können. Sonst wären sie nicht bereit gewesen, aufzubrechen und die Mühe der Suche auf sich zu nehmen.

Im Leben Jesu haben Begegnungen mit Menschen anderer Religionen als der seinen eine wichtige Rolle gespielt. Immer wieder hat er über ihre Haltung gestaunt und ihren Glauben gelobt. Manchmal hat er sogar gesagt, dass er einen so großen Glauben bei seinen eigenen Leuten nicht gefunden hat wie bei bestimmten »Heiden«.

Die Sterndeuter aus dem Osten haben sich wohl gewundert, dass ihnen in der Hauptstadt des Judentums eher Ablehnung und Unglauben begegnete. Herodes »und mit ihm ganz Jerusalem« erschrak über die Nachricht vom neugeborenen König der Juden.

Sind wir Christen nicht manchmal wie die Leute damals in Jerusalem? Die Heiden suchen eifrig Gottes Wege, und wir sind »Gewohnheitschristen« geworden. Die Sterndeuter waren »von sehr großer Freude erfüllt«, als sie den Stern von Betlehem sahen und Jesus fanden. Wir sind allzu oft griesgrämige Christen, die keine Freude ausstrahlen. Da kann es uns guttun, den Eifer von Menschen anderer Religionen zu erleben, ihr Gebet, ihre Ehrfurcht vor dem Heiligen, ihre Frömmigkeit. Wenn wir müde Christen geworden sind, können uns Menschen anderer Religionen zu neuer Freude am eigenen Glauben aufwecken. Und etwas besonders Bewegendes ist es, zu erleben, wie manche von ihnen ein ähnliches Erlebnis haben wie die Sterndeuter: wenn sie Jesus entdecken und zum Glauben an ihn finden.

Weihnachten für Hakim

CHRISTA SPILLING-NÖKER

»Was wünscht ihr euch denn zu Weihnachten?«, fragte Frau Vogt, die Klassenlehrerin der 4b, ihre Schülerinnen und Schüler. »Neue Computerspiele«, »einen eigenen Fernseher«, »Inline-Skates«, »einen kleinen Hund«, riefen alle durcheinander. »Und was wünscht du dir?«, wandte sie sich schließlich an Hakim, den syrischen Flüchtlingsjungen, der während des Geschreis ganz still auf seinem Stuhl gesessen hatte. »Dass meine Großeltern in den Trümmern überleben, dass wir bald anerkannt werden und dann eine Wohnung finden. In der Flüchtlingsunterkunft sind so viele Leute, da ist es immer schrecklich laut«, antwortete dieser traurig, um dann fortzufahren: »Im Krieg ist das rechte Knie meiner kleinen Schwester durch Granatsplitter zertrümmert worden. Sie wird nie wieder richtig laufen können. Sie hat zwar Gehhilfen, aber damit schafft sie es kaum bis zur Schule. Deshalb wünsche ich mir für sie einen passenden Rollstuhl, damit wir auch einmal aus dem Heim herauskommen und spazieren gehen können. Das Amt bewilligt ihr keinen, weil sie schon Krücken bekommen hat. Und ich wünsche mir, dass mein Vater endlich zu uns kommen darf und dass es in meiner Heimat für immer Frieden gibt. Ihr Christen betet ja an eurem Weihnachtsfest auch um Frieden«, fügte er ernst hinzu. Die anderen Kinder waren plötzlich ganz still geworden. Aus dieser Perspektive hatten die meisten von ihnen Weihnachten bisher nie betrachtet, auch wenn sie die Geburtsgeschichte Jesu mit der Verheißung des Engels vom Frieden auf Erden im Religionsunterricht durchgenommen hatten. In erster Linie war es ihnen nur um die Geschenke gegangen.

Als es zur Pause läutete, verließen alle, im Gegensatz zu dem sonstigen Gerangel, leise und betreten den Klassenraum. Am nächsten Tag fehlte Hakim wegen eines grippalen Infekts. Die Lehrerin wollte gerade die Aufgaben für eine Mathematikarbeit austeilen, als sich Jana, die Klassensprecherin, meldete: »Frau Vogt, können wir die Arbeit bitte verschieben? Wir haben etwas ganz Wichtiges mit Ihnen zu besprechen.« Frau Vogt runzelte die Stirn. »Das muss aber sehr wichtig sein.« »Ist es auch.« Jana erzählte, dass sie und die meisten anderen in der Klasse zu Hause mit ihren Eltern über Hakims »Weihnachtswünsche« gesprochen hätten. In der großen Pause hätten sie sich untereinander beraten. Sie würden Hakims Schwester gerne helfen und hätten dafür auch schon ein paar Ideen parat. »Das können wir doch nur heute mit Ihnen bereden, weil Hakim fehlt.« »Einverstanden, dann schreiben wir die Arbeit morgen in der zweiten Stunde.« Mitgefühl und soziales Engagement sind allemal wichtiger als ein Mathetest, dachte sie.

In der nächsten Konferenz trug sie dem Kollegium das Anliegen ihrer Klasse erfolgreich vor. Der Schulleiter erklärte den Samstag vor dem dritten Advent zum Projekttag über das Thema Syrien, sodass auch die Eltern, die berufstätig waren, kommen konnten. Natürlich erschienen nicht alle. Einige hatten schon im Vorfeld dagegen protestiert, dass man die Flüchtlinge, die vom Staat ohnehin mehr als genug bekämen, auch noch gesondert unterstützen sollte. Frau Vogt hatte sogar persönlich Drohbriefe erhalten. Aber die interessierten sie nicht. Kritische Stimmen muss man eben aushalten, wenn es darum geht, sich für andere Menschen einzusetzen.

Von einigen Kollegen wurde über die derzeitige Lage in Syrien berichtet. Schülerinnen und Schüler anderer Klassen hatten dazu mit Fotos aus Zeitungen und Illustrierten Plakatwände gestaltet. Zudem wurden in den Gängen des Schulhauses Tische aufgestellt, auf denen die Kinder selbst gebackene Weihnachtsplätzchen und im Kunstunterricht gestaltete Weihnachtskarten zum Verkauf anboten. Daneben gab es noch einen Stand mit Secondhandkleidung. Viele Eltern und auch Lehrerinnen und Lehrer hatten zahlreiche Kuchen gebacken und gestiftet. Man kam schnell miteinander ins Gespräch: über die politische Situation in dem geschundenen Land, aber auch über Glaubensfragen.

Am Nachmittag waren die meisten Dinge verkauft; auch der Kuchen hatte reißenden Absatz gefunden. Zusammengerechnet ergab sich eine Summe von 387 Euro. Die Kinder waren außer sich vor Freude. Als das Kollegium am Ende der Veranstaltung noch im Lehrerzimmer beisammensaß, zollten alle Frau Vogt großes Lob für die Aktion. Darüber, dass man sich für die anderen Flüchtlingskinder an der Schule auch in besonderer Weise engagieren sollte, war man sich schnell einig.

Hakim, der gar nicht mitgekriegt hatte, dass der Betrag seiner Schwester zugutekommen sollte, war fassungslos. Aber damit nicht genug. Die meisten Schülerinnen und Schüler der 4b erklärten sich dazu bereit, ihn für jeweils einen Nachmittag zu sich nach Hause einzuladen, damit er seine Hausaufgaben dort in Ruhe erledigen konnte.

Am Abend kam die ganze Klasse zur Flüchtlingsunterkunft, um seiner Mutter den Ertrag des Basars zu überreichen. Die war vor Freude ganz überwältigt und dankte ihr von Herzen. Dabei konnte sie ihre Tränen kaum unterdrücken. Hakims Schwester jubelte vor Glück. Schließlich fassten sich alle an den Händen und baten um Frieden für die Welt. Und die Sterne leuchteten am Himmel über allen gleichermaßen, welchen Glauben sie auch in ihren Herzen trugen.

Königskinder

Pierre Stutz

Wir alle sind Königskinder
ausgezeichnet
mit einer einmaligen Würde

Wir alle sind Königskinder
aufgerufen
Himmel und Erde zu verbinden

Wir alle sind Königskinder
verwurzelt
in der Zusage Abbild Gottes zu sein

Wir alle sind Königskinder
beheimatet
in der befreienden Gastfreundschaft

Wir alle sind Königskinder
angestiftet
zu einer zärtlichen Gerechtigkeit

Weihnachts-
WUNDER

Ganz einfach

Doris Bewernitz

Rosas Mutter kontrollierte die Gans im Backofen und überlegte gerade, ob sie alle Geschenke bereitgelegt hatte, als es an der Tür klingelte. Wer sollte das denn sein, am Heiligabend, zehn Minuten vor der Bescherung?

Schnell wischte sie sich die Hände ab, lief in den Flur, öffnete und staunte nicht schlecht, als Rosa vor der Tür stand. Ihre Rosa, die sie im Kinderzimmer vermutet hatte. Rosa, sieben Jahre alt, mit dem eigenen Kopf. Aber noch mehr staunte sie, dass ihre Tochter nicht allein war. Neben ihr standen drei merkwürdig abgewrackte Gestalten, zwei Männer und eine Frau, in auffallend schmutzigen Jacken. Und noch ehe Rosas Mutter den Mund wieder zubekam und fragen konnte, was um alles in der Welt das bedeute, erklärte ihre Tochter es ihr. Sie habe noch ein paar Leute zu Weihnachten geholt, sagte sie, der Baum mit den Glitzersternen und das leckere Essen und die Süßigkeiten und Geschenke und all das sei so schön, da wäre es doch schade, wenn nur sie und ihre Mama sich daran freuen würden, und überhaupt sei es viel gemütlicher mit mehr Menschen. Da sei sie eben kurz rausgegangen und habe ganz einfach noch ein paar Gäste eingeladen. Fröhlich trat Rosa ein, gefolgt von den drei Obdachlosen, die höflich Guten Tag sagten, und Rosas Mutter blieb nichts anderes übrig, als noch drei Teller mehr auf den Tisch zu stellen.

So hat es mir die Mutter von Rosa später erzählt. Und sie meinte, nach der ersten Verwirrung und nachdem die drei Gäste sich geduscht und neu eingekleidet hätten, sei es noch ein ganz zauberhafter Weihnachtsabend geworden.

Kleine und große Geschenke

Regina Groot Bramel

Unser Patensohn ist mit seinen fast zehn Jahren inzwischen im Wunschzettel-Alter. Er ist ein sensibles Kind, das manchmal unter den alltäglichen Schwierigkeiten und Bewährungsproben in der Schule und im Umgang mit Gleichaltrigen leidet. Das ist kein Kinderkram, das sind ernst zu nehmende Kindersorgen. Hier ist sein Wunschzettel für Weihnachten:

> »Liebes Christkind!
> Ich wünsche mir – dass ich durch Feuer fliegen kann mit einem Fliegmantel, der kein Loch bekommt
> dass ich zaubern kann mit Zauberstab
> ich kann jeden Menschen besiegen, ich bin am stärksten
> dass ich nicht tot werden kann
> dass ich Feuer spucken und mit meiner Faust Wände kaputt hauen kann
> dass ich keine Angst vor Tieren und anderen Menschen haben muss

dass die anderen Menschen keine Angst vor mir haben
dass ich einen Lenk-Bob habe
dass ich aussehe wie Superman
dass ich nicht zu alt werde
dass ich alles esse
dass ich kein Geld klaue
dass ich von meiner Hand Feuer schießen kann.
Wenn das alles nicht klappt, ein Diamant bitte!
Tim«

Es braucht nicht viel Phantasie, um sich vorzustellen, was ihn bedrückt und wie er gern ausgestattet wäre, um gut durchs Leben zu kommen. Es sind recht unterschiedliche Arten von Wünschen, die er da zu Papier bringt.

Die Dinge, die es im Spielzeuggeschäft gibt, werden seine Eltern und Verwandten bestimmt zuverlässig besorgen. Leider gibt es dort kein Paket mit Selbstvertrauen und Zuversicht. Stärker und begabter als alle anderen, sogar unsterblich sein und dabei nicht alt aussehen, sondern wie Superman und Batman – wer hat sich das nicht schon einmal gewünscht! Dann könnte man ohne Angst aufstehen und als strahlender Held auftreten. Der Rest der Welt wäre glücklich, einen solchen Freund zu haben. Der knurrende und bellende Hund hinter dem Gartenzaun auf dem Schulweg würde sich winselnd verkriechen.

Und die kleinen Ärgernisse und Übertretungen zu Hause sollten dann keine Rolle mehr spielen. Wer stark, klug und schön ist, kann auch beim Essen tapfer sein, selbst wenn es Blumenkohl gibt, und braucht kein Geld zu klauen. So einer kann auch den inneren Versuchungen widerstehen und sich an Regeln halten.

Wir haben diese Wunschliste von den Eltern weitergereicht bekommen und sollten uns etwas aussuchen, was wir ihm schenken wollen. Wir haben ihm eine Druse gekauft – so einen Stein, der von außen aussieht wie eine alte Kartoffel, im Inneren aber eine glitzernde Höhle aus Kristallen und schön geformten lila leuchtenden Edelsteinen enthält. Wir haben eine kleine LED-Beleuchtung drangebastelt, sodass es wirklich märchenhaft aussieht und gefahrlos im Kinderzimmer aufgestellt werden kann.

Und wir haben dem ängstlichen Jungen einen Brief geschrieben, als Assistenten des Christkindes, an das er seinen Wunschzettel adressiert hat:

»Lieber Tim,
du hast mir eine besondere Wunschliste geschickt! Fast immer sind die Wünsche von Kindern ziemlich einfach zu erfüllen. Die Weihnachts-Helferinnen und -Helfer, meistens die Eltern, brauchen nur einen Tipp von mir, dann können sie Schlitten und Fahrräder, Rollerska-

tes und Playstation besorgen, schön verpacken und unter den Weihnachtsbaum legen. Die Kinder freuen sich und beschäftigen sich eine Zeit lang mit den Sachen. Dann, zum nächsten Fest, haben sie andere Interessen und neue Wünsche.

Auf deiner Liste stehen aber auch viele Wünsche, die nicht mit einem Einkauf zu erledigen sind. Du schreibst, dass du gern stark wärst und unverwundbar. Du würdest gern fliegen können und mit bloßen Händen Wände niederreißen! Das erinnert mich an Helden aus Abenteuergeschichten, die für das Gute und die Gerechtigkeit kämpfen, Bösewichte besiegen und Menschen aus gefährlichen Situationen retten.

Ich glaube, so ein guter Held wärst du auch gern. Du schreibst ja, die anderen sollen keine Angst vor dir haben müssen, wenn du so stark bist. Und auch du willst die Angst loswerden, die dich packt, wenn jemand dich blöd anquatscht oder rumschubst, wie das auf dem Schulhof und im Bus öfters passiert.

Und du wünschst dir, auch stärker zu sein als diese Stimme in dir, die dich zum Klauen, Lügen und Herummäkeln bringen will.

Das sind ungewöhnliche und besonders kluge Wünsche! Es sind aber auch Wünsche, die lange Zeit brauchen, um in Erfüllung zu gehen!

Du bist selbst gefragt, wenn sie Wirklichkeit werden sollen. Am besten, du sammelst jeden Morgen deine Gedanken und nimmst dir einen Teil deiner Liste fest vor. Zum Beispiel: ›Heute will ich für jemanden durchs Feuer gehen.‹

Für jemanden durchs Feuer gehen – so sagt man, wenn jemand ein zuverlässiger und treuer Freund ist, der auch zu einem hält, wenn man schlecht drauf ist oder von anderen beleidigt wird. So ein Freund kannst du werden, so einen Freund kannst du finden.

Oder: ›Heute zaubere ich gute Laune beim Abendessen!‹ Dazu brauchst du vielleicht gar keinen Zauberstab, sondern einen Kochlöffel oder einen Pfannenwender, eine Spülbürste oder eine Blumenvase. Wer den Tisch schön deckt, sich beim Abwasch beteiligt oder einen Stapel tadelloser Pfannkuchen backt, kann die ganze Familie verzaubern!

Oder: ›Heute besiege ich mich selbst!‹ Die Angst, die dich manchmal fest im Griff hat, kannst du bekämpfen. Bleib auf der gleichen Straßenseite wie der dämliche Hund, der dich ankläfft! Er ist hinter einem Zaun und kann dir nichts tun, denk nur daran, an nichts anderes! Lass das Geld, die Schokolade, das ganze Zeug, das dir nicht gehört, liegen, auch wenn es dich in den Fingern kribbelt und die Versuchung groß ist, sich einfach zu bedienen. ›Ich bin schwach geworden‹ ist keine gute Ausrede. Du willst stark sein und kannst es trainieren!

Oder: ›Heute reiße ich ohne Werkzeug eine Wand ein!‹ Es gibt ja viele unsichtbare Wände, die im Weg herumstehen, einem die Sicht verbauen und etwas Schönes, das dahinter ist, verbergen. So eine Wand baut man sich manchmal selbst auf, weil man sich einbildet, sie würde Schutz geben. Manche Kinder verbieten den jüngeren Geschwistern, ihr Zimmer zu betreten, und hängen sogar ein Schild an die Tür ›Für kleine Brüder verboten!‹ Du könntest mal ein ganz anderes Schild aufhängen: ›Einladung zum Spielen und Bauen mit mir!‹ Dann würde vielleicht eine Wand einstürzen, und du hättest jede Menge Spaß. Probier es aus!

Das, was man dazu braucht, diese Kraft, brauche ich dir nicht zu schenken, du hast sie längst in dir! Es ist wie mit dem Diamanten, den du dir gewünscht hast. Von außen kann man ihn nicht einfach sehen, und das ist auch gut so – sonst würde derjenige, der ihn besitzt, womöglich überfallen und beraubt! Das, was innen ist, kann niemand klauen. Du selbst, jeder von uns, trägt einen Diamanten in sich, ein Stückchen vom Himmel oder von Gott, die Seele oder einen Edelstein vom Christkind, wie du es auch nennen willst. Es ist das, was von dir bleibt, wenn du einmal stirbst. Du wünschst dir ja, nicht zu alt zu werden und gleichzeitig, nicht tot zu sein.

Dein Diamant ist vielleicht wie ein Kern, der alles von dir enthält, was man von außen nicht sehen und anfassen kann. Aus so einem Kern kann etwas ganz Neues werden. Erinnere dich an die Sonnenblumen, die wir letztes Frühjahr zusammen gepflanzt haben. Du hast bestimmt an den Uropa gedacht, als du geschrieben hast, du willst nicht zu alt werden. Er liegt nun schon so lange im Bett und ist schwach und hat Schmerzen. Das Leben macht ihm keine Freude mehr. Aber innen hat auch er so einen Diamanten, der immer schön und unvergänglich bleibt, selbst wenn er stirbt, wie er es sich ja wünscht. Er sagt dann immer, er will ›heimgehen‹. Hast du ihn einmal gefragt, wo das ist, dieses ›Daheim‹ nach dem Tod? Sprich doch einmal mit ihm darüber!

Ich wünsche dir viel Freude mit den Geschenken, die man kaufen kann, und viel Ausdauer und Erfolg beim Auspacken der Geschenke, die du schon vor deiner Geburt erhalten hast! Deine Eltern und Freunde werden dir helfen, sie aufzubauen und immer wachsen zu lassen.

Dein Christkind und seine Helfer«

Das Weihnachtslied

Rainer Haak

Wie stets in der Weihnachtszeit gingen bei Familie Berger auch in diesem Jahr wieder tausend Lichter an. Ihre Weihnachtsbeleuchtung war längst eine stadtbekannte Attraktion, und abends an den Adventswochenenden gab es manchmal sogar Gedränge auf der Straße vor ihrem Haus. Es glitzerte, blinkte und leuchtete in vielen Farben.

Familie Berger liebte die Weihnachtszeit und eine üppige Dekoration. Ben, ihr einziger Sohn, mittlerweile 15 Jahre alt, freute sich wohl wie alle Kinder auf die Geschenke. Bei ihm fielen sie stets einige Nummern größer aus als bei den meisten anderen. Die Eltern hatten Freude daran, ihren Sohn reich zu beschenken.

Nun, Geld spielte keine Rolle. Herr Berger stammte aus kleinen Verhältnissen und genoss es, seiner Familie heute ein Leben im Wohlstand ermöglichen zu können. Er hatte sich mühsam nach oben gearbeitet. Seine Frau fand manchmal, er würde seinen Sohn zu sehr verwöhnen. Da war zum Beispiel der Fotoapparat, den Ben sich vor einiger Zeit gewünscht hatte. Der große und komplizierte Apparat stand stolz auf Bens Schreibtisch, aber benutzen schien er ihn nicht. Oder die teure Gitarre, die er sich letzte Weihnachten gewünscht hatte. Ein eigenes Eck seines Zimmers hatte er freigeräumt, um die Gitarre schmückend an die Wand zu hängen – aber er schien keine Lust zu entwickeln, auf der Gitarre spielen zu lernen.

Wie immer am dritten Advent luden Bergers auch in diesem Jahr wieder ihre Nachbarn zum Kaffeetrinken ein. Das war eine gute Tradition. Überhaupt – sie waren froh und dankbar, dass sie sich mit ihnen so gut verstanden. Es wurde ein festlicher, schöner Nachmittag. Anja, die 14-jährige Tochter der Nachbarn, sang ein Weihnachtslied vor. Auch das war eine gute Tradition. In diesem Jahr war Anja allerdings ein wenig aufgeregt. »Dieses Lied singe ich auch bei uns in der Aula am letzten Schultag. Da ist die ganze Schule versammelt.« Alle waren von ihrem Vortrag begeistert. Frau Berger musste mehrmals schlucken: »Das hat mich tief berührt. Vielen, vielen Dank!«

Am Abend, als sie wieder zu Hause waren, sang Anja ihr Lied noch einmal, nur für ihre Eltern. Hinterher flüsterte die Mutter: »Ich freue mich für dich, dass du in der Aula singen darfst.

Ich habe Bergers eingeladen, vielleicht kommen sie auch.«

Der Vater stutzte. Er hatte genau verstanden. Das ist meistens so, wenn seine Frau besonders leise spricht. »Meinst du wirklich, die würden das tun? Eigentlich sind sie doch ein wenig oberflächlich. Ich mag sie ja wirklich gern. Aber Weihnachten hat bei Bergers eher etwas mit Äußerlichkeiten und ihrer bunten Lichtershow zu tun. Ich bin froh, dass in unserer Familie der wirkliche Sinn von Weihnachten im Mittelpunkt steht.«

»Was meinst du damit?«, fragte Anja zurück.

»Weihnachten ist doch das Fest der Liebe«, erwiderte er mit fester Stimme. »Damals in Bethlehem leuchteten keine bunten Lichter, nur ein heller Stern am Himmel. Und Jesus wurde in einem Stall geboren, nicht in einer Luxusvilla. Außerdem geht es Weihnachten nicht um teure Geschenke. Ich finde es gut, dass wir ein einfaches, bescheidenes Fest feiern.«

Seine Frau blickte ihn skeptisch an. »Wir können uns keine teuren Geschenke leisten. Das ist auch völlig in Ordnung. Aber wenn Bergers so viel Geld haben, lass ihnen doch ein bisschen Luxus!«

Ihr Mann schüttelte heftig den Kopf. »Ich bin froh, dass wir keinen Luxus brauchen.« Dabei blickte er seine Frau an, als wollte er sie unbedingt überzeugen. »Ich bin froh, dass wir Weihnachten als Fest der Liebe feiern.«

Da meldete sich noch einmal Anja zu Wort: »Ach, Papa, ich glaube, dass es bei Bergers auch darum geht, um Liebe, meine ich. Du schätzt sie bestimmt falsch ein.«

In den nächsten Tagen übte Anja intensiv ihr Weihnachtslied. Da sie sich selbst auf der Gitarre begleitete, musste sie sich sehr konzentrieren.

»Na, wie kommst du voran?«, fragte ihr Vater, als er gerade von der Arbeit nach Hause kam.

»Danke, ich bin zufrieden. Nur schade, dass die alte Leihgitarre von der Schule so scheppert.«

Der Vater blickte sie aufmunternd an. »Die Hauptsache ist doch deine Stimme. Und die klingt wunderbar.«

Endlich war Anjas großer Tag gekommen. Ihre Eltern saßen stolz in der ersten Reihe. Sie hatten ihre Tochter in den letzten Tagen kaum gesehen, weil fast täglich Proben in der Schule angesetzt waren.

Anjas Mutter flüsterte ihrem Mann zu: »Siehst du dort? Die Bergers sind auch gekommen. Sogar Ben ist dabei!«

Er nickte. »Hab ich gleich gesehen.«

Da betrat Anja die Bühne. Sie versuchte zu lächeln. »Das ist Lampenfieber«, flüsterte die Mutter aufgeregt.

»Sie wird toll singen, da bin ich sicher«, flüsterte er zurück, um seine Frau zu beruhigen. »Ich hoffe nur, die Gitarre klingt nicht so dumpf.« Anja begann, die Saiten des alten Instruments zu zupfen. Die Eltern trauten ihren Ohren nicht. Welch zarte, warme Klänge aus dieser einfachen Gitarre. Wie war das möglich? Wahrscheinlich lag es an der besonderen Akustik in der Aula.

Dann setzte der Gesang ein. Anjas Stimme war glockenklar. Sie sang wie ein Engel. Als sie das Lied beendet hatte und sich verneigte, wollte der Applaus nicht enden. Anja strahlte.

Nach der Weihnachtsfeier halfen Anja und die anderen Mitwirkenden noch beim Aufräumen. Und sie feierten ein wenig gemeinsam mit ihrer Musiklehrerin.

Als sie endlich zu Hause war, warteten die Eltern bereits aufgeregt auf ihre Tochter. »Das war unglaublich. Du hast toll gesungen. Aber woher kamen nur diese fantastischen Gitarrenklänge?«

Anja strahlte ihre Eltern an. »Das habe ich euch ja noch gar nicht gesagt. Gestern war ich noch kurz drüben bei Bergers. Dann reichte Ben mir seine Gitarre: ›Ist doch blöd, wenn sie nur zum Angeben in meinem Zimmer hängt. Du kannst sie viel besser gebrauchen. Ich möchte sie dir gern schenken.‹ Bens Vater strahlte: ›Das war Bens eigene Idee. Er meinte, du hast eine wunderbare Stimme, und dir fehlt noch ein wunderbares Instrument.‹ Und stellt euch vor, nach dem Konzert sagte Frau Berger zu mir: ›Als du gesungen hast, da war für uns so richtig Weihnachten.‹«

Jauchzet, frohlocket!

Ulrich Peters

Für mich ist Musik so etwas wie die Muttersprache der Menschheit, sie ermöglicht ein inniges Verstehen ohne Worte. Es gibt wohl nur wenige Erfahrungen, die uns auf so einfache und unmittelbare Weise ansprechen, mit Glück erfüllen und so einen bedeutenden Einfluss auf unsere Stimmung haben wie die Begegnung mit Musik. Musik birgt eine geheimnisvolle Macht. Sie rührt an unseren Wesenskern und mobilisiert unser inneres Wissen. Musik kann Medizin sein. Sie ermutigt und motiviert, indem sie unsere besten Emotionen weckt. Häufig verbindet sie sich auch mit persönlichen Erinnerungen und damit verflochtenen positiven Empfindungen. Sie geht unmittelbar zu Herzen, beeinflusst messbar unseren Herzschlag und Blutdruck, die Atemfrequenz und Muskelspannung. Aus der Hirnforschung wissen wir, dass es beim Musikgenuss in unseren ältesten Hirnregionen zur Ausschüttung derselben Glückshormone kommt, die auch bei anderen befriedigenden und anregenden Aktivitäten ein tiefes und angenehmes Wohlbefinden hervorrufen.

Ins neue
Jahr

Tragen will ich dich

Ulrike Wolitz

Bis ins Alter bin ich derselbe,
bis zum grauen Haar werde ich schleppen.
Ich habe es getan, und ich werde tragen,
ich werde schleppen und retten.
Die Bibel: Jesaja 46,4

Tragen will ich dich,
wenn du müde bist und kraftlos,
erschöpft und ohne Zuversicht.
Schleppen will ich dich und retten.

Tragen will ich dich,
wenn du zermürbt bist und mutlos,
enttäuscht und ohne Hoffnung.
Schleppen will ich dich und retten.

Tragen will ich dich,
wenn du voll Trauer bist und ratlos,
ohnmächtig und ohne Perspektive.
Schleppen will ich dich und retten.

Tragen will ich dich,
wenn du runzelig bist und freudlos,
ergraut und voller Falten.
Schleppen will ich dich und retten.

Tragen will ich dich,
wenn du einsam bist und fantasielos,
wenn du kaum noch hörst und siehst.
Schleppen will ich dich und retten.

Tragen will ich dich,
wenn du dich mir anvertraust und loslässt,
auch dann noch,
wenn du dich selber nicht mehr tragen kannst.
Schleppen will ich dich und retten.

Geschichten erzählen

Verena Kast

Das Finden der eigenen Persönlichkeit – das Finden unserer Identität und das Erfinden unserer Identität – ist lebenslang in Arbeit. Körper und Psyche verändern sich, Beziehungen verändern sich, die Welt verändert sich. Das kann sich langsam und kontinuierlich abspielen, oder es kann krisenhaft geschehen, in Einbrüchen von Schicksal. Wir wandeln uns, verändern uns – und bleiben dennoch auch dieselben.

Menschen erzählen gerne, wenn ihnen auch jemand gut zuhört. Im Erzählen wird uns bewusst, was wir gerade jetzt erfahren, was wir schon erlebt haben und auch noch zu erfahren hoffen, und dies im Austausch mit anderen Menschen, die auch gerne erzählen.

Wenn wir von unserem Leben erzählen, erzählen wir von wichtigen Erfahrungen in unserem Leben, schmücken sie auch etwas aus, erzählen einander interessante Geschichten. Diese handeln oft von den Knotenpunkten unseres Lebens und sind deshalb auch Knotenpunkte unserer sich wandelnden Biografie. Indem wir aus unserer Biografie erzählen, holen wir diese wichtigen Erfahrungen auch wieder ins Bewusstsein und ins Gefühl zurück. Wenn wir wirklich erzählen und einander nicht bloß informieren, vergegenwärtigen wir uns in der Vorstellung bestimmte Situationen und Erfahrungen in unserem Leben und holen sie auch emotional zurück ins aktuelle Lebensgefühl. Wir erinnern uns etwa daran, wie wir als Vorschulkind Spiele gespielt haben, die uns mit Freude oder freudigem Stolz erfüllt haben. In der Vergegenwärtigung dieser Erfahrungen erleben wir auch die damit verbundenen Gefühle und spüren, dass wir dieses Kind immer auch noch sind, gewinnen auch neu Kontakt zu der Freude, die wir damals erlebt haben.

Wir erzählen uns Geschichten von guten Erfahrungen, aber auch von ganz schwierigen Erfahrungen, wir erzählen Geschichten über Themen, die grundsätzlich – überall – zum Leben gehören, wie zum Beispiel die Erfahrungen an Lebensübergängen, unsere Ängste und Kompetenzen, aber auch von unseren Freundschaften, vielleicht beginnend mit der ersten Kinderfreundschaft. Wir erzählen einander, was wir mit dem ersten selbstverdienten Geld gemacht haben, von unserer ersten eigenen Wohnung und von vielem mehr. Dabei ist zu bedenken, dass unsere jeweiligen Erinnerungen beeinflusst und abhängig sind von den jeweils vorherrschenden Gefühlen: Sind wir freudig gestimmt, fallen uns leichter freudige Erinnerungen ein, als wenn wir ärgerlich sind. Sind wir in einem Ressentiment gefangen, dann fallen uns Erinnerungen ein, die dieses Ressentiment nähren. Je mehr Emotionen uns zugänglich sind – auch in Abhängigkeit zu den Menschen, denen wir etwas aus unserem Leben erzählen –, desto farbiger wird unsere Lebensgeschichte, desto besser unser Lebensgefühl und damit auch unser Selbstgefühl. Damit wächst das Selbstvertrauen, dass wir auch anstehende Herausforderungen im Leben bewältigen können, wie immer die Zeiten auch sein mögen. Deshalb ist es hilfreich, wenn wir aus einer guten Stimmung heraus, etwa stimuliert durch eine Erinnerung an eine gute Erfahrung, uns wechselseitig Geschichten erzählen.

Zum Rückblick auf das Leben, zum Wiedererleben von bestimmten wichtigen Aspekten unserer Identität, gehören nicht nur Geschichten über Beruf, über Familie, über wichtige Lebensübergänge, sondern auch die Erinnerung an Geschichten, die uns geprägt haben. Bei einigen Menschen sind das Märchen, bei anderen geliebte Bücher, Lieder und ganz allgemein Musik, mit denen wir aufgewachsen sind – da zeigen sich natürlich auch Unterschiede zwischen Menschen, und einiges wurde auch einfach vergessen. Aber durch die Geschichten, die andere erzählen, werden auch eigene Erinnerungen wiederbelebt. Es geht dabei aber nicht nur um die Vergangenheit, auch Geschichten und Filme, Kunstwerke, die uns aktuell beschäftigen, bringen uns einander im Gespräch darüber näher, durchaus auch in der Differenz – aber alle sind wir Geschichtenerzähler und Geschichtenerzählerinnen, wenn man uns denn lässt, wenn man uns zuhört und wenn wir selbst uns erzählen lassen. Erzählen wir einander aus unserem Leben, kommen sich auch Menschen, die sich nicht kennen, die sich fremd sind, rasch näher und erinnern auch eigene entsprechende Geschichten, die allerdings ganz anders sein können. Das sollten wir nutzen: Wenn wir anderen Menschen näherkommen wollen, auch Fremden, können wir aus unserem Leben erzählen und werden dann leichter vertraut miteinander, spüren auch, dass wir alle Menschen sind mit ähnlichen Freuden und Leiden, und wir zeigen uns in unserer Identität – wie sie geworden ist.

Im Erzählen vergewissern wir uns unserer Identität – und spüren für einen Moment auch den Reichtum des eigenen gelebten Lebens, die Kompetenz, die wir uns im Laufe des Lebens erarbeiteten, indem wir uns den Herausforderungen gestellt haben. Im Erzählen spüren wir auch eine tiefe menschliche Beziehung zu anderen

Menschen, und wir haben auch Anteil an den Geschichten der anderen – auch das ein großer Reichtum.

Die autobiografischen Erinnerungen und die damit verbundenen Geschichten sind unabdingbar auch für die aktuelle Entwicklung von Identität, denn sie begründen unsere Identität, machen sie im Gewordensein sichtbar, und sie geben auch unseren Erwartungen an unsere Zukunft eine Richtung. Damit haben sie einen unmittelbaren Einfluss auf das aktuelle Lebensgefühl, das Selbsterleben, das Selbstvertrauen und die Erfahrung von Selbstwirksamkeit.

Segen für das neue Jahr

Christa Spilling-Nöker

Die Jahreswende ist immer ein besonderes Ereignis. Zunächst blicken wir noch einmal zurück: Was hat das vergangene Jahr alles mit sich gebracht? Das, was in der Welt passiert ist, zeigen uns die Jahresrückblicke im Fernsehen. Vielleicht mögen wir uns Silvester aber auch Zeit für einen ganz persönlichen Jahresrückblick nehmen und uns dabei einige Fotos von eindrücklichen Begebenheiten ansehen.

Wohin haben uns Ausflüge und Reisen geführt, welchen Menschen sind wir begegnet und was für eine Bedeutung haben sie für uns gewonnen? Gab es Erlebnisse, die uns besonders viel Freude gemacht haben und Augenblicke, für die wir dankbar sind?

Was haben wir aber auch an Schmerzhaftem durchleiden müssen, von wem mussten wir endgültig Abschied nehmen? Wie haben wir die schweren Stunden, die uns auferlegt waren, durchgestanden, wer hat uns in diesen Zeiten Trost geschenkt?

Nach einer Zeit der Stille horchen wir achtsam in uns hinein. Welche Träume leben in uns, die im kommenden Jahr nach Verwirklichung rufen? Gibt es Veränderungen, die anstehen? Mit wem möchten wir uns versöhnen? Aber auch: Welche Ziele möchten wir erreichen, was für Feste warten auf uns, wo und wie möchten wir unseren Urlaub verbringen? Wir hoffen, dass sich viele unserer tiefen Wünsche und Sehnsüchte erfüllen und dass Mannigfaches von dem glückt, was wir uns vornehmen, damit das kommende Jahr ein gesegnetes wird.

Halte dem Neuen Jahr
deine Hände
geöffnet entgegen
und erbitte für die Zukunft,
für alle Tage und Nächte,
den himmlischen Segen.

Möge dich der Himmel
behüten und
unablässig begleiten:
Dann kannst du das Morgen
mit hoffnungsvollem Herzen
durchschreiten.

Autorinnen und Autoren

HANS-GERHARD BEHRINGER: Theologe, Diplom-Psychologe und approbierter Psychologischer Psychotherapeut | DORIS BEWERNITZ: freie Autorin in Berlin, schreibt Krimis, Romane, Kurzgeschichten, Erzählungen, Lyrik und Satiren | MAX BOLLIGER (1929–2013): Schweizer Schriftsteller und Kinderbuchautor | DIETRICH BONHOEFFER (1906–1945): ev. Theologe und Pfarrer, Widerstandskämpfer gegen das Hitlerregime, Martyrer | MAX FEIGENWINTER: Schweizer Erwachsenenbildner und Autor | REGINA GROOT BRAMEL: Autorin, Herausgeberin, Sozialpädagogin, Religionslehrerin, Pferdewirtin, Reittherapeutin; Mutter von vier leiblichen Kindern und acht Pflegekindern | RAINER HAAK: Schriftsteller, hat als Jugendleiter, Kellner, Buchhändler, Pfarrer, Konzertveranstalter, Trauerbegleiter und Reiseveranstalter gearbeitet | SIBYLLE HARDEGGER: kath. Theologin in der Schweiz, Präsidentin der »Kinderhilfe Bethlehem« | WALTER KASPER, kath. Theologe, Kardinal, 1989–1999 Bischof der Diözese Rottenburg-Stuttgart, 2001–2010 Präsident des Päpstlichen Rates zur Förderung der Einheit der Christen | VERENA KAST: Psychologin und Psychotherapeutin in eigener Praxis, Dozentin und Lehranalytikerin am C. G. Jung-Institut Zürich | MARGOT KÄSSMANN: ev. Theologin und Autorin, 2012–2018 Botschafterin der EKD für das Reformationsjubiläum 2017 | ALBIN KRÄMER: kath. Pfarrer, 2004–2011 Bundespräses der Katholischen Arbeitnehmerbewegung Deutschlands | EVA-MARIA LEIBER: viele Jahre in Schule und Gemeinde tätig, Autorin im Verlag am Eschbach | ANTJE SABINE NAEGELI: ev. Theologin und Autorin, Logotherapeutin und Existenzanalytikerin | HUUB OOSTERHUIS: niederländischer Dichter und Theologe, Inspirator der »Ekklesia Amsterdam« | ULRICH PETERS: kath. Theologe und Autor, Vorstand der Schwabenverlag AG und Verleger | CHRISTOPH SCHÖNBORN: kath. Theologe, Kardinal und Erzbischof von Wien | ANDREA SCHWARZ: ausgebildete Industriekauffrau und Sozialpädagogin, heute pastorale Mitarbeiterin im Bistum Osnabrück, Referentin und Bibliolog-Trainerin, Autorin | STEPHAN SIGG: Schweizer Journalist und Kinderbuchautor | CHRISTA SPILLING-NÖKER: ev. Theologin und Pfarrerin a. D. mit pädagogischer und tiefenpsychologischer Ausbildung, Autorin | ARNOLD STADLER: Schriftsteller, Essayist und Übersetzer | PIERRE STUTZ: kath. Theologe und spiritueller Lehrer, Referent und Autor | STEFAN WEIGAND: Leiter einer Agentur für Buch- und Webgestaltung, Konzeptionsberater für Buchprojekte, Fotograf und Autor | ULRIKE WOLITZ: Theologin, Autorin, Herausgeberin der Werke Silja Walters

Quellen

S. 11: MAX FEIGENWINTER, Einander Engel sein. Weihnachtliche Entdeckungen, 3 © Verlag am Eschbach in der Verlagsgruppe Patmos 2017 | S. 12: LUKAS 2,1–14 in der Übersetzung »Evangelium in Leichter Sprache«: www.evangelium-in-leichter-sprache.de. In der Reihe »Bibel in Leichter Sprache« erscheinen im Verlag Katholisches Bibelwerk Stuttgart die von Dieter Bauer, Claudio Ettl und Sr. Paulis Mels herausgegebenen Bände »Evangelien der Sonn- und Festtage« der Lesejahre A (2016), B (2017), C (in Vorbereitung) | S. 15: EVA-MARIA LEIBER, Licht des Friedens. Inspirationen zu Weihnachten © Verlag am Eschbach in der Verlagsgruppe Patmos, 2017 | S. 16: HUUB OOSTERHUIS, Alles für alle. Ein Glaubensbuch für das 21. Jahrhundert. Hg. von Cornelis Kok, 76–78 © Patmos Verlag, Ostfildern 2018 | S. 18: Erstveröffentlichung © beim Autor | S. 20: © bei der Autorin | S. 29: DIETRICH BONHOEFFER, London 1933–1935 (Dietrich Bonhoeffer Werke Bd. 13) | S. 30: STEFAN WEIGAND, Klasse Papa! Was Vätern guttut, 120–121 © Patmos Verlag, Ostfildern 2018 | S. 33: PIERRE STUTZ, Bei sich selber zu Hause sein, 42 © Verlag am Eschbach in der Verlagsgruppe Patmos 2017 | S. 34: WALTER KARDINAL KASPER, Die Freude des Christen, 11–33 (Auszüge) © Patmos Verlag, Ostfildern 2018; WALTER KARDINAL KASPER, Maria – Zeichen der Hoffnung, 55–56 © Patmos Verlag, Ostfildern 2018 | S. 41: © bei der Autorin | S. 42: ANDREA SCHWARZ, Wilde Weihnachten. Das andere Lesebuch für die Advents- und Weihnachtszeit, 96–97

© Verlag Patmos, Ostfildern 2018 | S. 44: ULRICH PETERS, Ja, jauchzet, frohlocket. Weihnachtliche Entdeckungen mit Johann Sebastian Bach, 10–11, 18–19, 30–31 © Verlag am Eschbach in der Verlagsgruppe Patmos, 2017 | S. 50: Aus: CHRISTA SPILLING-NÖKER, Dann wird dein Leben wie ein Fest © Verlag am Eschbach in der Verlagsgruppe Patmos 2014 | S. 52: ARNOLD STADLER im Gespräch mit Michael Albus, Was ist Glück? Nachher weiß man es. Ein Lebensbild, 97–99 © Patmos Verlag, Ostfildern 2018 | S. 55: ANTJE SABINE NAEGELI: © Verlag am Eschbach der Verlagsgruppe Patmos, in: Jeden Augenblick leben. Glücksgedanken für jeden Tag des Jahres. Hg. von Kathrin Clausing und Ulrich Sander, Verlag am Eschbach 2017, 268 | S. 56: HANS-GERHARD BEHRINGER, Wie das Leben weise macht. Eine Spiritualität des Älterwerdens, 51–58 © Patmos Verlag, Ostfildern 2018 | S. 62: MAX BOLLIGER, Wunder geschehen ganz leise. 24 Weihnachtsgeschichten, 74–77 © Verlag am Eschbach in der Verlagsgruppe Patmos 2017 | S. 66: © bei der Autorin | S. 69: MATTHÄUS 2,1–12 in der Übersetzung »Evangelium in Leichter Sprache«: www.evangelium-in-leichter-sprache.de. In der Reihe »Bibel in Leichter Sprache« erscheinen im Verlag Katholisches Bibelwerk Stuttgart die von Dieter Bauer, Claudio Ettl und Sr. Paulis Mels herausgegebenen Bände »Evangelien der Sonn- und Festtage« der Lesejahre A (2016), B (2017), C (in Vorbereitung) | S. 73: SIBYLLE HARDEGGER/STEPHAN SIGG, Die Kinder von Bethlehem. Eine Entdeckungsreise mit vielen Geschichten und Bildern, Rätseln und Rezepten, 16–19 (Auszug) © Patmos Verlag, Ostfildern 2017 | S. 76: ANDREA SCHWARZ, Wilde Weihnachten. Das andere Lesebuch für die Advents- und Weihnachtszeit, 67–68 © Patmos Verlag, Ostfildern 2018 | S. 78: MAX FEIGENWINTER, Einander Engel sein. Weihnachtliche Entdeckungen, 30; 32, 34; 38 © Verlag am Eschbach in der Verlagsgruppe Patmos 2017 | S. 82: CHRISTOPH KARDINAL SCHÖNBORN, Zeit des wachsamen Herzens. Ein Begleiter für Advent und Weihnachten. Hg. von Hubert Philipp Weber, 107–110 © Patmos Verlag, Ostfildern 2017 | S. 86: Erstveröffentlichung © bei der Autorin | S. 91: PIERRE STUTZ, Bei sich selber zu Hause sein. Weihnachtliche Inspirationen, 52 © Verlag am Eschbach in der Verlagsgruppe Patmos 2017 | S. 93: Aus: Ilka Osenberg (Hg.), Wunderbare Weihnachtsfrauen. Geschichten und andere Überraschungen, 18–19 © Verlag am Eschbach in der Verlagsgruppe Patmos, Eschbach 2017 | S. 95: REGINA GROOT BRAMEL, Zu Fuß durchs Universum. Als Eltern unterwegs mit einem kleinen Menschenkind, 179–185 © Patmos Verlag, Ostfildern 2017 | S. 103: Erstveröffentlichung © beim Autor | S. 109: ULRICH PETERS, Ja, jauchzet, frohlocket. Weihnachtliche Entdeckungen mit Johann Sebastian Bach, 5 © Verlag am Eschbach in der Verlagsgruppe Patmos, 2017 | S. 111: © bei der Autorin | S. 113: VERENA KAST, Immer wieder mit sich selber eins werden. Identität und Selbstwert entwickeln in einer komplexen Welt, 185–188 © Patmos Verlag, Ostfildern 2018 | S. 118: Aus: CHRISTA SPILLING-NÖKER, Dann wird dein Leben wie ein Fest © Verlag am Eschbach der Verlagsgruppe Patmos, 2014.

Lesefreude

Andrea Schwarz
Wilde Weihnachten
Das andere Lesebuch für die Advents- und Weihnachtszeit
128 Seiten | Gebunden mit Leseband
Mit Abbildungen
ISBN 978-3-8436-1073-5 (Patmos Verlag)

Doris Bewernitz
Das Geheimnis der Langsamkeit
Vom Trödeln, Träumen, Mutigsein
200 Seiten | Gebunden mit Leseband
Mit Abbildungen
ISBN 978-3-8436-1046-9 (Patmos Verlag)

Arnold Stadler
Was ist Glück? Nachher weiß man's
Ein Gespräch mit Michael Albus
192 Seiten | Gebunden mit Leseband
ISBN 978-3-8436-1035-3 (Patmos Verlag)

Begleitet von guten Mächten
Segensworte
144 Seiten | Gebunden | Durchgehend vierfarbig
mit zahlreichen Fotografien und Schmuckvignetten
ISBN 978-3-86917-636-9 (Verlag am Eschbach)

Kathrin Clausing (Hg.)
Ein Licht für jeden Augenblick
Worte wie Sterne für jeden Tag des Jahres
288 Seiten | Gebunden mit Leseband
Durchgehend zweifarbig mit Illustrationen
ISBN 978-3-86917-635-2 (Verlag am Eschbach)

VERLAGSGRUPPE PATMOS

PATMOS
ESCHBACH
GRÜNEWALD
THORBECKE
SCHWABEN
VER SACRUM

Die Verlagsgruppe
mit Sinn für das Leben

MIX
Papier aus verantwortungsvollen Quellen
FSC® C014138
FSC
www.fsc.org

Für die Verlagsgruppe Patmos ist Nachhaltigkeit ein wichtiger Maßstab ihres Handelns. Wir achten daher auf den Einsatz umweltschonender Ressourcen und Materialien.

Gesamtgestaltung: Angelika Kraut, Verlag am Eschbach
Umschlagabbildung: Irina Vaneeva / shutterstock
Illustrationen im Innenteil: Irina Vaneeva / shutterstock (Umschlag, S. 3, 10, 35, 62, 65, 68, 75, 79, 110, 117), Rolau Elena / shutterstock (Schneehintergründe Umschlag und innen), Anastasia Lembrik / shutterstock (S. 5, 7, 8, 40, 51, 77, 119), Kat Buslaeva / shutterstock (S. 11, 15, 17, 21, 32, 45, 47, 48, 53, 54, 83, 85, 87, 92, 94, 102, 112), Marina Grau / shutterstock (S. 13, 67, 95, 96, 99, 101), mariasem / Fotolia (S. 19, 43), ecspelliarmus / shutterstock (S. 28, 90), Sinna Nyan / shutterstock (S. 31, 108), Gorbash Varvara / shutterstock (S. 49, 102, 107).
Druck: Finidr s. r. o., Ceský Těšín
Printed in the Czech Republic
ISBN 978-3-8436-1085-8